cachorrada!

João Basílio

CACHORRADA!

Paulinas

Dados Internacionais de Catalogação na Publicação (CIP)
Angélica Ilacqua CRB-8/7057

Basílio, João
    Cachorrada! / João Basílio. -- São Paulo : Paulinas, 2021.
    152 p. (Coleção Verbis)

    ISBN 978-65-5808-070

    1. Literatura infantojuvenil I. Título II. Série

21-2323   CDD-028.5

Índice para catálogo sistemático:
1. Literatura infantojuvenil 028.5

1ª edição – 2021

Direção-geral: *Flávia Reginatto*
Editora responsável: *Andréia Schweitzer*
Coordenação de revisão: *Marina Mendonça*
Revisão: *Ana Cecilia Mari*
Gerente de produção: *Felicio Calegaro Neto*
Capa: *João Basílio*
Produção de arte: *Telma Custódio*
Foto do autor: *Tetê de Paula*
Ilustrações: *br.depositphotos.com*
Fontes: *sites "Tudo Sobre Cachorros" (tudosobrecachorros.com.br) e "Dog Hero" (love.doghero.com.br).*

Nenhuma parte desta obra pode ser reproduzida ou transmitida por qualquer forma e/ou quaisquer meios (eletrônico ou mecânico, incluindo fotocópia e gravação) ou arquivada em qualquer sistema ou banco de dados sem permissão escrita da Editora. Direitos reservados.

Paulinas
Rua Dona Inácia Uchoa, 62
04110-020 – São Paulo – SP (Brasil)
Tel.: (11) 2125-3500
http://www.paulinas.com.br – editora@paulinas.com.br
Telemarketing e SAC: 0800-7010081
© Pia Sociedade Filhas de São Paulo – São Paulo, 2021

A João Pedro, que primeiro me ensinou
as delícias da paternidade.
Foi de um "para casa" dele, aos nove anos,
que surgiu a ideia desta história.

R. DO SUMIDOURO (saída para a estrada) →

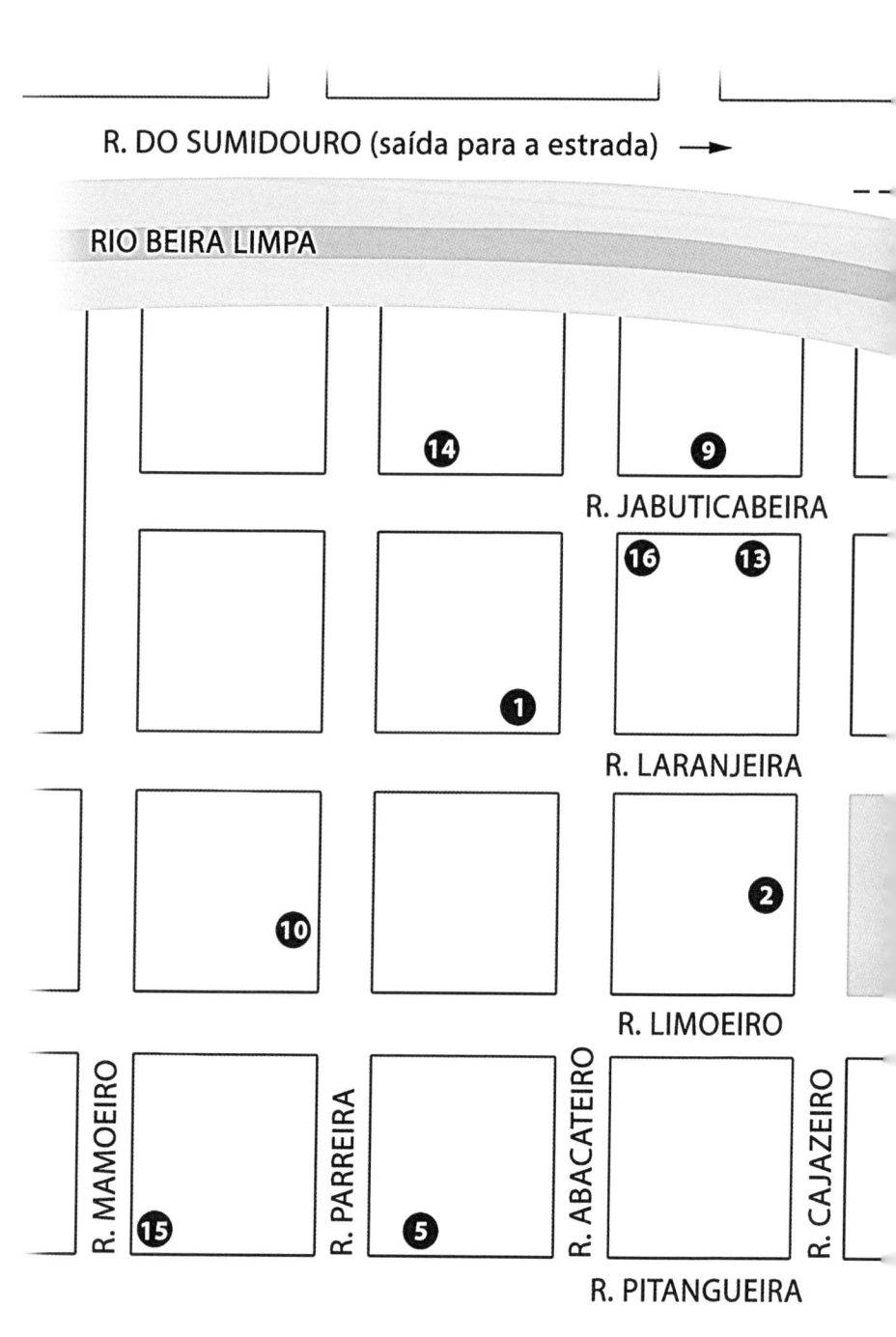

RIO BEIRA LIMPA

14

9

R. JABUTICABEIRA

16   **13**

1

R. LARANJEIRA

10

2

R. LIMOEIRO

R. MAMOEIRO

R. PARREIRA

R. ABACATEIRO

R. CAJAZEIRO

15

5

R. PITANGUEIRA

PARQUE

1. Dona Penha
2. Associação dos moradores
3. Seu Rubens
4. Fabrício e Eleonora (Hércules)
5. Veterinária
6. Verônica (Zara)
7. Rafael
8. Colégio
9. Davi e Laura
10. Marina
11. Altamiro (Brutus)
12. Marconi (Remela)
13. Wanderley (Princesa)
14. Marilda e Jonas (Thor)
15. Salão de beleza
16. Carlos Alberto

PRAÇA

R. COQUEIRO

R. AMOREIRA

R. MANGUEIRA

SUMÁRIO

1. Hércules e Zara 11
2. Rafael, Marina e Davi 15
3. Com a polícia 21
4. Brutus 25
5. Equipe formada 29
6. Na associação 33
7. Um detetive na área 39
8. Usando a web 43
9. Princesa 47
10. Vigília 51
11. Levantando nomes 55
12. Simultaneamente 59
13. Marina no salão 63
14. O palmeirense 67
15. Três nomes 71
16. Apertando o cerco 75
17. Com o detetive 79
18. Álibi 83
19. Remela 87
20. Os próximos passos 91
21. Pelo muro 95
22. A cruz e o furgão 99
23. Pedala, Davi! 103
24. A Hércules dá um tempo 107

25. Uma notícia boa, outra ruim 111
26. Fabrício 115
27. O nome do cão 121
28. No canil municipal 127
29. Corram! 131
30. A câmera 135
31. Pingos nos is 139
32. Fama, festa e filme 145
Algumas curiosidades e comentários finais 149

1. Hércules e Zara

— TEM UM EXTERMINADOR DE CÃES NO BAIRRO POMAR, SEU MARCONI!

— Calma, dona Penha! Essa parte eu já entendi, mas vamos com calma. Não podemos tirar conclusões precipitadas.

— Eu tenho certeza, seu Marconi, sou vivida, conheço essas coisas! — dona Penha falava sacudindo o copo, derramando água para todo lado. Usava um vestido estampado e era conhecida no bairro como uma exímia salgadeira. Também era fofoqueira, segundo alguns moradores.

— Bom — ponderou seu Marconi, cofiando o cavanhaque bem aparado —, vamos conversar com todos os que vierem à reunião pra decidir o que fazer.

O presidente da AMOPO (Associação dos Moradores do Pomar) olhou para os lados. No salão da paróquia da igreja, onde a associação sempre se reunia, só havia outras doze pessoas, incluindo um adolescente, entre todos os convocados para o encontro extraordinário. Ele vinha notando uma diminuição na participação dos moradores, que cada vez se envolviam menos nas questões da comunidade. Mas naquele caso, considerando a urgência com que dona Penha convocara a reunião, não havia como reclamar da baixa presença. E como já se tinha passado meia hora do horário marcado, Marconi não pôde mais esperar para começar.

– Bom, vamos então ao que interessa. Dona Penha convocou este encontro da associação pra gente discutir uma suspeita de extermínio de cães aqui no bairro. Certo, dona Penha?

– Certo.

– Quando ela me ligou, ontem, eu estava com minha família na praia, em Vila Velha, e voltamos hoje – disse Marconi. – Mas vamos lá, dona Penha, quer contar para os presentes o que houve nos últimos dias por aqui?

Dona Penha pigarreou, ajeitou o vestido, ficou de pé e começou seu relato:

– Todo mundo aqui conhece o filho da dona Inês, o Fabrício? Aquele que casou não tem nem um ano, que mora ali no começo da rua Mangueira e trabalha no Banco Futuro... Sabem quem é? – sem esperar resposta do público, prosseguiu: – Então, no sábado retrasado, morreu o dobermann deles, o Hércules. Era o xodó da casa. Eu lembro que eles falavam assim: "Por enquanto, de filho, só o Hércules!". A esposa do Fabrício é uma que trabalha com...

– Seja mais objetiva – falou uma voz no fundo da plateia, interrompendo o relato. Dona Penha aprumou os olhos para ver quem era: seu Rubens, famoso no Pomar. Rabugento, solitário, ele tinha sido presidente da associação tempos atrás. Já fora do cargo, tornou-se o maior reclamão do bairro, fazendo campanhas contra diversas práticas que o incomodavam, do som alto à noite às faixas de propaganda irregular. Era como se continuasse, à sua maneira, a fiscalizar o Pomar.

– Tem razão, seu Rubens – desculpou-se dona Penha, e prosseguiu: – O que interessa é que o Hércules foi envenenado. Sim, envenenado! O doutor Gregório, da veterinária, o examinou e confirmou. Três dias depois, o Fabrício voltou à clínica, para pagar uma conta do Hércules, e disse que "cachorro, nunca mais". Chorou muito, coitado. Eu estava na clínica na hora, porque fui levar o Chocolate para tosar. Lá que eu fiquei sabendo da história toda... O Fabrício me contou.

– E a segunda morte? – tentou apressá-la seu Rubens.

– Pois é, anteontem, sábado de novo, morreu o cachorro da dona Verônica, aquela que é professora de português aposentada e mora na rua Jabuticabeira. Ela tinha uma poodle, lembram? A Zara. Eram melhores amigas há dez anos, e também apareceu morta no jardim. No mesmo dia da semana e do mesmo jeito!

– Envenenada também? – questionou Marconi.

– Tudo indica, apesar de que não teve exame... Ela jogou o corpo da cadela no rio no mesmo dia. Eu mesma só fiquei sabendo na missa de ontem, porque ela pediu para o padre orar pela alma da Zara. Vê se pode, rezar para cachorro!...

– Peraí, o bicho foi jogado no rio?! – indignou-se o presidente da associação. – Ela não sabe que isso é crime ambiental?

– Pois é, eu falei com ela... Absurdo, né?

– Como se já não bastasse tanto lixo no Beira Limpa... E por que ela acha que a cadela foi morta com veneno?

– Porque o doutor Gregório também estava na igreja e foi conversar com ela assim que acabou a missa. Coitada, nem conseguia falar, quem falou foi o Fabrício, que estava dando uma força para ela. Pelo que ele falou, era a mesma descrição: cadela com o corpo mole, olho vidrado, mucosas pálidas... Foi veneno mesmo.

Marconi coçou a cabeça, intrigado. Parecia não aceitar a hipótese de um exterminador de cães no seu bairro. É certo que o Pomar, como toda a cidade de Santa Clara, tinha ficado mais violento. A paisagem do bairro mudara muito nos últimos trinta anos, e agora a maioria das casas e prédios do bairro tinha cerca elétrica. As ocorrências de furto e roubo vinham aumentando, mas nada que justificasse a suspeita que agora surgia. O bairro era conhecido pela quantidade de cachorros, que eram a alegria de 99,9% dos humanos... Por que alguém iria começar a matar os bichos? Perdido nesses pensamentos, Marconi nem notou que dona Penha, depois de uma pausa para um gole d'água, tinha recomeçado a falar:

– ... chamar a polícia, é o que tem que fazer! Vamos pedir mais policiamento no bairro e descobrir quem está cometendo essa covardia!

Marconi fez um gesto pedindo a palavra e perguntou:

– Vocês que estão presentes: quem acredita que pode ter um matador de cachorros por aí?

A resposta surpreendeu o presidente: dos doze, onze levantaram a mão quase simultaneamente. Só o menino Rafael, de quatorze anos, filho do dono da padaria, não levantou – mas diante da quase unanimidade, olhou para o pai e ergueu o braço devagar.

– Ok – disse Marconi. – Então vamos investigar isso.

Rafael, que pela primeira vez ia a uma reunião com o pai, sentiu um rebuliço por dentro ao ouvir a palavra "investigar". E sorriu discretamente.

DOBERMANN

- **Área de origem:** Alemanha
- **Função original:** cão de guarda

Força, inteligência e instinto protetor fizeram dos dobermanns ótimos soldados na Batalha de Okinawa, no Japão, em 1945. Também tiveram brilhante atuação em resgates nos escombros após o atentado às Torres Gêmeas em Nova York, em 2001.

2. Rafael, Marina e Davi

Santa Clara era uma cidade de porte médio, encravada na região central de Minas Gerais. Crescera muito nas últimas décadas, chegando a trezentos mil habitantes. O clima era quente em boa parte do ano, fazendo com que as cachoeiras da região recebessem muitos visitantes nos fins de semana. A cidade vivia principalmente das lavouras de milho, algodão e da fruticultura. A atividade industrial também era forte, com mineração de quartzo e produção de calçados.

O Pomar era um dos bairros mais tradicionais da cidade. Ganhou esse nome por ter se formado onde antes havia uma chácara com vasta produção frutífera, favorecida pela proximidade do rio Beira Limpa. Assim, as ruas ganharam nomes de árvores. O rio, infelizmente, não é mais limpo – com a urbanização, passou a ser o principal canal de dejetos de Santa Clara.

Como o bairro terminava às margens do Beira Limpa, e por haver ali, àquela altura do rio, apenas uma ponte na divisa com outro bairro, o Pomar tornou-se um lugar privilegiado: tinha basicamente só trânsito local, pois não servia de passagem para nenhuma outra região. Com poucos edifícios e muitas casas antigas, era um dos bairros mais agradáveis da cidade.

Em uma das salas do 9º ano do colégio Confiança, que ficava na rua Limoeiro, um garoto estava mais agitado do que de costume. Mexendo as pernas e olhando o tempo todo para o relógio, Rafael quase não conseguia prestar atenção na aula de Ciências, mesmo sendo uma de suas disciplinas preferidas. Era um dos alunos mais queridos da turma – comunicativo e descolado, costumava brincar com todo mundo e colocar apelidos nos colegas. Mas também ganhou o seu: "Miojo", graças aos cabelos cacheados e compridos. Curtia video game, mas enchia a boca para dizer que "preferia xadrez".

Quando o sinal tocou anunciando o recreio, Rafael sinalizou para seus colegas Davi e Marina: precisava falar com eles urgentemente.

Davi, sentado à sua frente, era magro e comprido, um dos mais altos da turma. Fazia o estilo "mal-humorado", sempre criticando tudo, e colecionava mangás. Por causa da agilidade e do gosto pelos quadrinhos japoneses, era chamado de "Ninja" pelos colegas.

Ao lado do Ninja sentava-se Marina, o sorriso mais bonito da sala. Apelidada de "Branca" por Rafa, por ter ido a uma festa da turma fantasiada de Branca de Neve, Marina era meiga e gentil, mas também sabia reagir quando pisavam no seu calo. De cabelos pretos e lisos, na altura do ombro, sonhava em pintá-los de vermelho.

Rafael, Davi e Marina, melhores amigos declarados, reuniram-se num canto da arquibancada da quadra, onde gostavam de ficar, para que Rafael afinal contasse sobre a reunião que tinha presenciado na noite anterior. Estava visivelmente excitado:

– Tem um exterminador de cães no bairro!

– Como é que é?! – quase gritou Davi, com a boca cheia de sanduíche.

– Explica direito, Rafa! – pediu Marina.

Rafael contou o que ouvira na reunião, na qual esteve presente para acompanhar o pai, Flávio, dono da padaria Pomar do Pão. Falou das duas mortes por envenenamento, da senhora assustada, e que a polícia seria chamada.

Davi e Marina se entreolharam. Ambos tinham cachorro em casa: Davi, um velho basset chamado Sanduba; Marina, um vira-lata de nome Bagunça.

– E então? Vocês topam? – perguntou Rafael, enquanto tirava da mochila um velho livro.

– Topam o quê? – disse Marina. – Você não está pensando em...

– ... Exatamente, investigar o caso! – completou Rafa, mostrando para os colegas o *Manual do Detetive*.

Davi e Marina já conheciam o livro, claro. Rafa o tinha levado para o colégio muitas vezes, desde que o ganhou do pai, há quatro anos, e vivia em busca de situações para aplicar as técnicas de investigação ensinadas nele. Davi e Marina, como melhores amigos, curtiam a fissura de Rafa por descobrir mistérios, apesar de não terem a mesma empolgação.

– E, então, vocês topam? – insistiu o garoto.

Davi coçou a cabeça. Coragem não lhe faltava: praticava judô e imaginava-se imobilizando um inimigo e recebendo os aplausos do público. Também era bom ciclista, muito ágil no pedal para subir e descer as ruas do bairro. Mas não demonstrou empolgação com a proposta do amigo.

– Sei não, Rafa... Será que não é "viagem" dessa dona Penha?

– Eu acho até que pode ser verdade... Mas isso é trabalho para a polícia, gente! – considerou Marina, também sem vibrar com a ideia. Ela era desinibida, falava em ser atriz, e Rafa via na desenvoltura da menina um grande potencial para conversar com desconhecidos e arrancar informações preciosas.

– Eu sei que é trabalho da polícia... Mas se ajudarmos procurando pistas, se descobrirmos antes deles, vai ser muito legal, não acham? – insistiu Rafa, olhando ansioso para os amigos.

– Pode ser... Mas não dá pra mexer com isso agora, esqueceu que é semana de provas? – falou Marina. – Que tal a gente esperar a polícia entrar na história?

– De mais a mais, o próximo sábado vem aí... Se houver mesmo um assassino, é o dia de ele agir, né? – perguntou Davi, e Rafa sentiu no tom de voz do amigo que ele continuava duvidando.

– Ué, então vamos aguardar – suspirou Rafa. – Só torçam para os cães de vocês não serem as próximas vítimas...

– Credo, Rafa! – disseram os amigos ao mesmo tempo.

O sinal tocou, avisando que era hora de retornar para a aula.

POODLE
(tamanhos gigante, médio, anão e toy)

- **Área de origem:** Alemanha e Europa Central
- **Função original (gigante, médio e anão):** busca na água, artista
- **Função original (toy):** cão de colo

A palavra *poodle* vem do alemão *pudel* ou *pudelim*, que significa "espirrar na água". O poodle toy tem uma incrível capacidade de nadar, além de contar com uma pelagem adaptável à água.

3. COM A POLÍCIA

Naquela noite, aconteceu o encontro da associação com membros da Polícia Militar, para conversar sobre as mortes dos cães. O sargento Ferreira e o soldado Mathias, conhecidos de muitos moradores por fazerem rondas frequentes pelo bairro, pareceram duvidar da existência do tal inimigo dos bichos. Fizeram os boletins de ocorrência das duas mortes e se comprometeram a ficar atentos durante as rondas.

– Mas vocês vão intensificar o patrulhamento? – questionou Marconi. – Seria bom, principalmente no fim de semana... Há uma suspeita de que a pessoa age na noite de sexta pra sábado.

– Infelizmente não tem como... – lamentou o sargento. – Não podemos ficar mais tempo por aqui, porque existe uma escala e precisamos ir a outras partes da cidade. Os senhores entendem, né? Gente é mais importante que cachorro...

Como tinham outros chamados para atender, os policiais despediram-se. Além do presidente da associação, que os tinha chamado, estavam presentes dona Penha, aparentemente mais tranquila, o velho Rubens e o garoto Rafael, fazendo anotações em um caderno.

* * *

Já em casa, Rafael mandou uma mensagem para Davi e Marina relatando a conversa com a PM. Para ele, o pouco interesse da polícia era um sinal para que os jovens entrassem em ação. Mas como isso não rendeu muito papo com os amigos, ainda reticentes, despediu-se e foi para o computador. Sentia que devia transformar a excitação em trabalho, e resolveu pesquisar sobre envenenamento de cães. Em um arquivo, digitou e salvou o que descobriu:

> Existe o envenenamento acidental, geralmente quando o animal ingere inseticida ou um produto tóxico que foi deixado para ratos, e o envenenamento criminoso.
>
> O veneno mais usado criminalmente é o "chumbinho", que tem esse nome não por ser feito de chumbo, mas por causa da cor cinza. O composto principal do chumbinho é a estricnina, e uma só colher pode matar cem pessoas adultas.
>
> Muitos cães cheiram algo venenoso e, por instinto, não comem. Mas o chumbinho não tem cheiro nem sabor, além de ser solúvel em água. Por isso é tão perigoso.
>
> A venda de estricnina está proibida no Brasil desde 1980, mas é possível comprá-la de comerciantes desonestos, que atuam ilegalmente.
>
> O envenenamento proposital de animais é considerado crime ambiental e pode resultar em multa e detenção de três meses a um ano.

"É pouco tempo de cadeia", pensou Rafa. "Pelo jeito, a lei raciocina igual à polícia, que gente é mais importante que cachorro... Mas se o cara mata vários cães, será que a condenação é diferente?"

Pensando nisso, desligou o computador e deitou-se. Seu último pensamento antes de dormir foi uma tentativa de lembrar-se de um samba antigo que seu avô tocava nas rodas de violão, e que falava de veneno estricnina. "Quem diria que um dia eu iria pesquisar sobre isso... Como era mesmo a música? Parece que rimava estricnina com bala de carabina..."

E caiu no sono.

Beagle

- **Área de origem:** Inglaterra e Estados Unidos
- **Função original:** cão de caça

Por serem incríveis farejadores, são usados em aeroportos para ajudar na procura de objetos ilícitos, como armas e drogas. O personagem Snoopy, dos quadrinhos e desenhos animados, é inspirado na raça.

4. BRUTUS

O resto da semana passou rápido, com os colegas entretidos com as provas trimestrais. Só na noite de sexta, quando botou a cabeça no travesseiro para dormir, é que Rafa se lembrou de que o criminoso poderia estar agindo naquele momento – se é que ia agir... Àquela altura, o assunto havia esfriado um pouco na mente do menino, que tinha dúvidas de que as mortes iam continuar.

O sábado chegou e transcorria sem novidades. Por volta das três da tarde Rafael já tinha esquecido o assunto, envolvido com o video game, quando chegou a mensagem do Davi:

– Cara, cê não vai acreditar. Mataram outro cachorro aqui na Jabuticabeira!

O coração de Rafa disparou:

– Aguenta aí que eu tô chegando!

De bicicleta, gastou menos de cinco minutos para chegar à rua onde morava o Davi – e onde tinha acontecido a segunda morte, da poodle Zara. E agora outra...

Não foi difícil descobrir o local do crime. Umas dez pessoas já estavam por ali, curiosas, querendo detalhes do fato. Quando viu o Rafa chegando, Davi se separou do grupo para receber o amigo.

– Conseguiu falar com a Branca? – perguntou Rafa.

– Sim, ela ficou bem empolgada para participar com a gente, mas não tem como vir agora – respondeu Davi. – Está com a família no shopping, e disse que assim que der vem pra cá.

— Ok, mas só confirmando uma coisa... Você falou "participar com a gente"... Quer dizer que agora você tá dentro da ideia de investigar e tal?

— Claro, brother! Tamo junto! Vamos descobrir quem está por trás dessa cachorrada!

— Ótimo — sorriu Rafa —, então vamos lá — abriu a mochila, de onde tirou um caderno e uma caneta. — Conte o que você já sabe.

— Bom, a casa é da família do doutor Altamiro, o pediatra, aquele ali de camisa azul — apontou Davi. — Fica quase em frente à casa da dona Verônica, da poodle. O cachorro era um pastor alemão bravo chamado Brutus. O doutor Altamiro contou que comprou o cachorro pra vigiar a casa, porque já entrou gente aí, levaram coisas. Ele achou o Brutus de manhã caído no canto do jardim. Levou correndo até a clínica para tentar salvar, mas já era. O veterinário pediu um exame de sangue e confirmou envenenamento com chumbinho.

— Sabe quantos anos tinha o Brutus? — perguntou Rafa, ainda que não soubesse se aquela informação seria útil.

— Quatro! — respondeu uma voz feminina atrás do Davi. Era Laura, a irmã dele, de onze anos. Muito parecida com o irmão, a ponto de ser chamada por Rafael de "Davi de saia", ela tinha sardas e adorava seriados de comédia americana.

— Tá fazendo o que aqui, menina? — perguntou Davi, com a impaciência típica dos irmãos mais velhos.

— Ué, vim tirar fotos da cena do crime... Empresta o celular? — e tomou o aparelho das mãos dele. Quando ela se afastou, Davi, acompanhando-a com os olhos, riu e comentou:

— Essa aí jura que vai ser fotógrafa...

Mas Rafael já não olhava para Laura, atento à chegada do carro da Polícia Militar. Assim que parou, a aglomeração de pessoas, que agora já tinha dobrado de tamanho, aproximou-se dos militares. O sargento Ferreira perguntou ao doutor Altamiro:

– O senhor tinha algum inimigo, algum desafeto na cidade?

– Não que eu saiba – respondeu o médico.

– E o cachorro? Já tinha atacado alguém? – indagou o soldado Mathias.

– Só uma vez... Mês passado veio na minha casa um eletricista, e o Brutus acabou se soltando da guia e foi pra cima do rapaz... Mordeu o braço dele, chegou a levar pontos, mas não acredito que tenha ficado irritado a ponto de querer se vingar... Será?

– Pode ser... – ponderou o sargento. – Mas, considerando as outras mortes, o mais provável é...

– Um exterminador de cães solto no bairro! – interrompeu dona Penha, que tinha chegado há pouco e trazia uma expressão de vitória no rosto: – Eu não disse?

O sargento Ferreira concordou:

– Sim, parece que sim... E pelo jeito, considerando que as três mortes aconteceram nos finais de semanas, parece que é um sujeito metódico.

– Metódico? – cochichou Rafa com Davi.

– Pessoa sistemática, ultraorganizada, que faz as coisas sempre do mesmo jeito – esclareceu o Ninja.

– Entendi – disse Rafa, abrindo o caderno e anotando em um canto: "metódico".

Os policiais dirigiram-se até o jardim da casa do doutor Altamiro. Vasculharam o chão em busca de indícios, principalmente resíduos do veneno, mas nada foi encontrado.

– Provavelmente jogaram uma bolinha de carne moída com o chumbinho dentro – explicou o sargento. – O cachorro come aquilo em uma bocada, e basta uma quantidade pequena pra matar. E como a carne é jogada da rua, não tem como encontrar impressões digitais. O senhor tem câmeras de segurança?

– Não – lamentou o médico.

– Mas poderíamos ter, não é, doutor? – falou alguém ao fundo.

Quando todos se viraram para ver quem era, identificaram o vizinho Marcos Paulo escorado no muro da sua casa. Ele prosseguiu:

– Há dois meses teve uma votação no bairro para colocarmos um sistema integrado de câmeras vigiando todas as ruas, mas a maioria foi contra. Daqui da rua, só eu e o dono da mercearia fomos a favor. Se o senhor tivesse apoiado a ideia...

– Eu fui contra porque ia ficar caro para a maioria dos moradores – respondeu rispidamente o médico. – Temos que ter bom senso. O sistema era bom, mas tinha um custo alto com central de controle, manutenção, ronda... Ia ficar difícil pagar a instalação e a taxa mensal.

– É, mas quanto vale a vida das pessoas? E dos animais de estimação? – ironizou Marcos Paulo.

Altamiro não respondeu. Ao seu lado, o sargento Ferreira retomou o preenchimento do boletim de ocorrência.

Pastor alemão (capa preta)

- **Área de origem:** Alemanha
- **Função original:** pastor de ovelhas, cão de guarda, cão policial

Os cães dessa raça já brilharam em inúmeros filmes e séries de TV, como *K-9, um policial bom para cachorro* (1989), *Rin Tin Tin* (2007) e *Eu sou a lenda* (2007).

5. EQUIPE FORMADA

Quando Marina foi deixada pela mãe na rua Jabuticabeira, a polícia já tinha ido embora e as pessoas começavam a se dispersar, com conversas ao pé do ouvido aqui e ali. Davi e Rafael circulavam entre os adultos, tentando pescar alguma informação ou encontrar um detalhe não percebido por mais ninguém. Sentada no meio-fio, Laura parecia ter tirado todas as fotos possíveis.

– Oi, gente, desculpe pela demora – falou Marina. – Espero que não tenham descoberto o culpado sem mim!

– Ué, ela também faz parte da nossa equipe? – vibrou Laura. – Que bom, tava meio sem graça eu ser a única mulher!

Marina deu uma gargalhada e brincou com Davi:

– Quer dizer que você convidou sua irmã? Fico muito feliz!

Davi ensaiou contestar e mandar a irmã para casa, como fazia várias vezes, mas resolveu consentir nesse caso. Afinal, se fosse deixada de fora, com a curiosidade que lhe era peculiar, Laura tinha muito mais chances de atrapalhar as investigações. Além disso, a menina argumentou que tinha "tudo a ver" com a investigação:

– Eu entendo muito de cachorro, até fui numa excursão do colégio no canil municipal, no mês passado!

– Ótimo! – comemorou também o Rafa. – Então seja bem-vinda, Laura! Você vai ser nossa fotógrafa oficial!

– Beleza, onde eu pego meu crachá? – riu a menina. – E, afinal, como é que a gente chama?

– Como assim, Laura? Esqueceu seu nome? Bom, eu sou o Davi!

– Dããã... – debochou Laura. – Nós não somos uma equipe? Toda equipe tem um nome!

– Ela tem razão – concordou o Rafa. – Podemos dar um nome para o nosso grupo de investigação!

– Cachorro-quente! – gritou Davi.

– Putz, que trocadilho de mau gosto! – disse Marina.

– Não, não é isso – explicou Davi, mostrando o celular. – É que minha mãe acabou de mandar uma mensagem chamando a gente pra lanchar. E fez cachorro-quente! Vamos?

A casa do Davi e da Laura ficava no quarteirão seguinte. No caminho, foram propondo nomes:

– Podia ser "Quatro patas", aproveitando também que nós somos quatro!

– Boa, Ninja! – disse Rafa. – Pensei também em "Faro fino", o que acham?

– Eu prefiro "Faro fino"! – opinou Laura.

– Alguém sabe o nome do primeiro cachorro que morreu? – perguntou Marina. – E se a gente o homenageasse?

– Hércules! – respondeu Rafa. – Taí, Hércules é um ótimo nome!

Os outros concordaram e curtiram a escolha, de maneira que, quando cruzaram o portão da casa, Davi, Laura, Marina e Rafael já eram a Equipe Hércules de Investigação, devidamente recebida por dona Anita e Sanduba, o basset hound da família. O pai, Guilherme, não estava – como era diretor de mineradora, ficava mais tempo viajando a trabalho do que em casa.

O lanche foi farto, apesar da infâmia de comerem cachorro-quente naquela situação. Dona Anita, mãe dos meninos, não teve culpa – ela não fazia ideia do assunto que envolvia a turma. Enquanto comiam, Rafael e Davi contaram para Marina e para Laura tudo que lembraram. Entre outras observações, comentaram sobre a história do debate em relação às câmeras de segurança, do qual nenhum deles tinha ouvido falar antes. Dona Anita, atenta à conversa, chegou explicando:

– Teve mesmo essa discussão, foi proposta da associação dos moradores. Mas era um projeto de segurança privada que não ia ficar barato, porque, além das câmeras, teria uma central de controle, rondas, vigias... Então, a maioria reprovou a ideia. Nesse ponto o Marcos Paulo tem razão: se houvesse uma filmagem, seria mais fácil identificar o assassino.

– Então... – raciocinava lentamente Rafael, coçando o queixo como tinha visto nos filmes de detetive. – Se alguém pretendia matar os cachorros, certamente votou contra as câmeras, porque isso ia dificultar o seu trabalho. Certo?

– Mas quem disse que é uma pessoa do bairro? – questionou Marina.

– Boa questão – comentou Davi –, eu estava pensando nisso mais cedo. E se for alguém de fora?

Ficaram os quatro olhando um para o outro por um tempo. Aparentemente ninguém cogitara isso, provavelmente por ser mais excitante imaginar que o assassino estaria por perto. Até que o Rafael falou:

– Eu acho que é alguém do bairro, sim. As mortes dos cães não tiveram nenhuma outra consequência, não teve furto nem arrombamento em nenhuma das três casas. Sendo assim, é coisa de gente que tem algum problema de relacionamento com os vizinhos.

– Concordo – disse Marina. – Mas quem?

– Seja quem for, segundo o sargento, é alguém... – Rafa consultou suas anotações para completar com a palavra recém-aprendida: – metódico.

– É, mas talvez essa "metodissice" do matador não seja só no dia de matar... – comentou Marina.

– Por quê? – indagaram os outros ao mesmo tempo.

– Porque, considerando a morte de hoje, já foram duas nessa rua...

– Será que ele segue essa lógica? – duvidou Davi. – Não faz sentido... Se fosse assim, por que que o primeiro assassinato, o do Hércules, foi na rua Mangueira?

– Pois é, acho que é cedo pra afirmar que o cara tem esse nível de detalhismo... – considerou Rafa. – Mas realmente é algo que a gente tem de observar.

– Mas se ele for continuar seguindo a sequência numérica da nossa rua, o próximo alvo vai ser a cadela daquele moço que é dentista – disse a pequena Laura, até então calada. Surpreso, Davi perguntou:

– Por que você acha isso?

– Porque a dona Verônica, da poodle que morreu, mora no primeiro quarteirão. A casa do Brutus fica um pouco depois. O próximo cachorro fica no quarteirão seguinte, na casa do dentista. É a cadela Princesa, uma rottweiler.

Todos se entreolharam pensando a mesma coisa: se o raciocínio de Laura estivesse certo, o alvo, após a Princesa, seria o pequeno Sanduba. Davi ergueu o cão, sentado ao seu lado, e abraçou-o com força.

Basset Hound

- **Origem:** França
- **Função original:** caçar coelhos e lebres

    Sherlock Holmes, o detetive mais famoso do mundo, teve um basset hound. A raça também inspirou o personagem Droppy, do desenho *Tom & Jerry*.

6. Na associação

Um carro de som circulou pelo bairro na segunda-feira convocando para uma nova reunião na associação naquela noite. Mensagens foram enviadas para grupos de moradores, reforçando o convite e relatando as mortes dos cães. A estratégia de comunicação fez efeito: há anos não se via tanta gente numa reunião. Os donos de cachorro, pelo jeito, estavam todos presentes. Pairava no ar um clima de tensão e de indignação com a crueldade praticada com os animais. Com a repercussão da notícia, a imprensa marcava presença no local: um repórter da rádio Aurora, uma das FMs locais, entrevistava dona Penha, agitada como sempre, enquanto um jornalista do Portal Santa Clara, site de notícias da região, falava com o doutor Altamiro. Misturados aos adultos, quatro jovens prestavam atenção em tudo, com uma menina fotografando o tempo todo.

Marconi Gonzaga, o presidente da associação, pigarreou ao microfone e abriu a sessão:

– Como a maioria de vocês já sabe, nosso querido Pomar está sendo frequentado por um assassino de cães. Foram três mortes nas últimas três semanas. Mas não acredito que o criminoso seja gente do bairro... Nós todos nos damos muito bem, é ou não é?

– Nem todos – resmungou ao fundo seu Rubens, fazendo parte do público olhar para trás e cochichar.

– Se o senhor tem alguma desconfiança, a hora de falar é agora – provocou Marconi.

– Não vou acusar ninguém, esse trabalho não é meu... – esquivou-se o idoso. – Prossiga, presidente.

– Bom, a polícia já foi acionada – continuou Marconi, tentando não dar muita trela ao ex-ocupante daquele cargo. – Mas não sei se vão conseguir impedir a atuação do bandido, porque dizem que não há recursos nem pessoal pra fazer mais rondas...

Várias pessoas começaram a falar ao mesmo tempo, criticando a PM, a Prefeitura, o Governo do Estado, as leis, os presídios... Marconi tentava acalmar os ânimos:

– Gente, pela ordem. Levantem a mão pra participar, senão ninguém se ouve! A ideia aqui é pensarmos juntos sobre o que fazer, e não espalhar pânico.

O pedido fez efeito, até porque Marconi era um orador nato. Firme e persuasivo, não era por acaso que ele mesmo estrelava as propagandas de TV da sua loja de variedades e presentes. As aparições na mídia tinham rendido a ele certa fama, aumentando também seu respeito entre os moradores do Pomar.

Quando os presentes serenaram um pouco, Antônio Fradick, juiz do trabalho que residia no bairro, ergueu a mão e perguntou:

– E o projeto das câmeras de segurança, Marconi? Será que não é hora de retomar essa questão?

Novamente um burburinho se formou, dada a polêmica recente em torno da aquisição dos equipamentos. Tentando organizar a situação, Marconi respondeu:

– A instalação das câmeras não foi aprovada, é preciso respeitar a decisão da maioria. Muitos, inclusive, disseram não precisar porque as casas tinham cachorro, então já se sentiam protegidos... Acho que agora nós temos que focar no problema dos animais. Se for o caso, mais pra frente a gente discute isso. Por enquanto, vamos torcer para as mortes não continuarem. Alguém tem sugestões pra aumentar a segurança?

Várias ideias foram dadas, como não passear mais com cachorros, colocar focinheiras durante a noite para impedir o envenenamento e até doar os bichos para pessoas de outros bairros. A cada sugestão, o público se manifestava mais, de modo que o presidente encerrou o encontro quando o nível de excitação chegou a índices preocupantes. Sua última fala foi sobre união e positividade:

– Esses problemas aparecem para que aprendamos a cuidar melhor de nós mesmos. Quando estamos juntos, o Pomar fica muito mais forte.

As pessoas aplaudiram e começaram a ir embora. Os quatro jovens, em silêncio durante a reunião, decidiram falar com Marconi. Marina, a mais desinibida, foi quem o abordou:

– Seu Marconi, nós somos a Equipe Hércules de Investigação.

– Hein?

– Equipe Hércules! A gente se reuniu para ajudar a descobrir quem está matando os cães!

– Sério?! – Marconi fez menção de rir da ousadia daqueles adolescentes, mas segurou a reação e elogiou a ideia:
– Que ótimo! Quanto mais gente ajudando, melhor!

– Pois é, e a gente queria pedir uma coisa.

– O quê?

– Quando houve a votação para decidir sobre a instalação das câmeras, alguém anotou quem foi contra e quem foi a favor?

– Claro, eu tenho a ata guardada! Mas por que vocês querem isso?

– Porque a gente acha que o matador dos cães foi contra a instalação das câmeras!

– Ah, é? Venham comigo, a ata está naquela salinha – disse Marconi, dirigindo-se ao cômodo no fundo do salão paroquial, seguido pelos meninos.

– É – prosseguiu Marina –, a gente acha sim. Porque, se a pessoa planejava matar os cães, era melhor que não houvesse câmeras pelo bairro, né?

– Faz sentido – raciocinou Marconi já abrindo a porta da sala. – Mas a lista de quem foi contra é grande, deve ter mais de cem nomes... Não sei se vai ajudar muito.

O escritório da associação era muito limpo e organizado. Marconi abriu um armário no qual havia pastas de várias cores, todas com etiquetas de identificação. Pegou uma delas e retirou de lá o livro com a tal ata de votação.

– Prefiro arquivar as coisas da associação no papel do que em formato eletrônico, não sou muito chegado em tecnologia... Tomem aqui, espero que seja útil de alguma forma. Façam uma cópia e devolvam na minha casa o quanto antes, ok? – disse, entregando um cartão com seu endereço. – Querem contar mais alguma descoberta ou suspeita de vocês?

– Não – apressou-se em responder Rafael, no instante em que Davi abria a boca para falar. – Estamos bem no comecinho do trabalho, mas se descobrirmos alguma coisa a gente te fala!

– Ótimo, contem comigo para o que precisarem!

Já na rua, Davi quis entender por que o amigo não deixou que eles comentassem outras coisas com o presidente da associação.

– É porque estamos no meio de uma investigação, Ninja – Rafa pousou a mão no ombro do colega e, com ar de autoridade, completou: – Até prova em contrário, todo mundo é suspeito. Então, quanto menos falarmos melhor.

Os outros membros da trupe concordaram e, como tinha sido combinado com os respectivos pais, a Equipe Hércules se desfez. Cada um montou em sua bicicleta e rumou para casa.

SHIH TZU

- **Origem:** China
- **Função original:** companhia

Shih tzu significa "leão" em chinês. Também são chamados de "chrysanthemum-faced dog" (cachorro com cara de crisântemo) porque o pelo do rosto cresce em todas as direções.

7. Um detetive na área

Na manhã seguinte, Rafael usou a copiadora do colégio para copiar as páginas do livro de atas da associação. No intervalo, examinando os nomes, ele, Marina e Davi (Laura não estava presente, já que estudava à tarde) concluíram que aquela lista, a princípio, seria pouco útil. Eram mesmo muitos nomes, a maioria dos quais eles não conheciam, e não havia como investigar cada um deles. Mas talvez aquela "seleção prévia" de suspeitos, quando conjugada com outros dados, pudesse ajudar.

Na volta para casa, Rafael passou na casa de Marconi para devolver o livro. Era uma residência de dois andares na rua Pitangueira, uma das mais movimentadas do bairro. Marconi o recebeu acompanhado de um velho fila brasileiro.

– Este é o Remela, jovem! Diga oi pro Rafael, Remela!

O nome lhe caía bem – Remela tinha os olhos embaçados e amarelados, com um ar cansado típico da idade avançada.

– O Remela viveu na fazenda da família por catorze anos – explicou Marconi –, mas tivemos de trazê-lo para a cidade porque está com a saúde frágil... Até uma catarata começou recentemente.

– Mas o senhor não tem medo de matarem ele?

– Um pouco, sim – disse Marconi. – Mas não temos escolha, ele tem que estar perto de um veterinário. Além disso, não sei se o assassino teria coragem de agir aqui. Tem uma câmera no muro, você viu? – e apontou para o equipamento.

– Que bom, então para o senhor é mais tranquilo, né?

– Sim, sim. Mas de que adianta minha casa ficar protegida se o resto do bairro estiver inseguro? Estamos numa comunidade, é preciso pensar em todos.

– Tem razão – Rafa tirou o livro de atas da mochila e entregou-o ao presidente da associação.

– Obrigado, jovem. Ah, uma novidade: parece que tem um investigador da Polícia Civil circulando pelo bairro, em busca de pistas sobre as mortes. Tomara que tenha sucesso.

Com o estômago roncando de fome, Rafael despediu-se e tomou o caminho de casa. "Um detetive de verdade!", pensava pela rua. "Será que vai ser parceiro ou concorrente? Será que devemos procurá-lo? Será que vamos encontrar ele por aí?"

Mas nem foi preciso pensar muito. Virando a rua Mangueira, o menino deu de cara com Fabrício, o dono do dobermann Hércules, conversando no portão de sua casa com um homem moreno e forte, com cerca de quarenta anos, que fazia anotações. Só podia ser o cara. Interessado na conversa, Rafa fingiu parar para amarrar o cadarço e conseguiu ouvir o investigador perguntar:

– Não consegue mesmo se lembrar de ninguém que pudesse querer matar seu animal?

– Não, senhor – respondeu Fabrício desviando o olhar, com ar de tédio.

– O senhor não me parece muito interessado em descobrir o culpado, tô certo?

– É, realmente não. Meu cachorro já era, não quero ter outros, então, saber quem foi não vai fazer diferença para mim.

– Mas vai fazer para os outros, o assassino continua atuando...

– Pois é, espero que o senhor consiga impedi-lo. Boa sorte – disse Fabrício com frieza, estendendo a mão para formalmente encerrar a conversa.

– Obrigado – o detetive tirou um cartão do bolso e o entregou ao rapaz. – Se quiser falar algo mais, é só ligar.

O detetive encaminhou-se para seu carro, um velho Monza. Rafael sabia que deveria retomar sua caminhada para não levantar suspeitas, mas, ao mesmo tempo, estava curioso quanto ao comportamento de Fabrício. Então, teve a ideia de usar a câmera de autorretrato do celular para que, de costas para a casa 32, ainda pudesse observá-la enquanto se afastava sem pressa. Foi uma boa providência: pelo visor do celular, notou Fabrício jogando na calçada o cartão do investigador, antes de entrar em casa. Rafael dobrou a esquina, aguardou três minutos, espiou para confirmar se a rua estava vazia e voltou para pegar o cartão. Tinha a marca da Polícia Civil, um telefone e o nome "Nalbernard Osman". Guardou-o no bolso, achando graça. "Que nome!"

FILA BRASILEIRO

- **Área de origem:** Brasil
- **Função original:** cão de guarda

  A raça é fruto de uma mistura de cães pastores, como os mastiffs, buldogues e bloodhounds, que chegaram ao Brasil trazidos pela colonização portuguesa.

8. Usando a web

Às sete da noite, a Equipe Hércules reuniu-se na praça do bairro. Rafael contou sobre o detetive e a conversa que ouviu.

– Bem estranho mesmo o comportamento do Fabrício – comentou Davi. – E quanto ao detetive, o que vamos fazer?

– A princípio, acho melhor não o procurarmos. Aposto que vai debochar da gente, como o seu Marconi quase fez – opinou Marina, com uma ponta de irritação.

– Concordo – disse Rafa. – O cartão do tal de Nalbernard está comigo, se precisar a gente liga. Mas o que é que a gente vai fazer enquanto isso? A gente tem que achar um jeito de conseguir informações, mas acho que não vai ser fácil, principalmente porque somos adolescentes...

– Bom, vamos por partes. Estamos todos de acordo de que o assassino é alguém do bairro, certo? – questionou Davi.

Os outros três disseram que sim.

– Então, com certeza tem gente no bairro desconfiada de quem esteja matando os cachorros, certo?

– Sim, mas acho que as pessoas teriam falado na reunião da associação... – disse Laura.

– Aí é que tá... Talvez não, porque acusar alguém em público é complicado... As pessoas ficam com medo.

– Tem razão – concordou Laura.

– E esse detetive, se quiser conversar com todo mundo do bairro, vai demorar uns três meses.

– Tô entendendo aonde você quer chegar, Davi – falou Marina. – A gente tem que dar um jeito de fazer as pessoas ficarem à vontade pra denunciar. Mas como?

– Pois é – Davi fez uma pausa com tom de suspense, antes de prosseguir –, eu pensei numa coisa hoje à tarde, quando estava mexendo no Facebook.

– O quê? – perguntou Marina.

– Facebook! Vamos criar uma página sobre o extermínio dos cães, pra quem quiser acompanhar as notícias, as investigações. Podemos divulgar entre os colegas, parentes... Muita gente pode acessar... O povo é curioso, né?

– Boa, Ninja! – vibrou Rafa. – E não precisamos falar que somos os administradores da página, certo?

– Certo, para ninguém achar que é coisa de adolescente... E a gente vai pedindo para as pessoas enviarem mensagens sobre suas suspeitas.

– Mas e se ainda assim as pessoas tiverem vergonha de acusar alguém? – provocou Marina. – Porque elas vão ter que se identificar, mesmo mandando mensagem...

– Eu sei um jeito – falou Rafa, abrindo um sorriso. – A gente cria uma conta de e-mail chamada denunciaanonima@themail.com e divulga esse e-mail e a senha para todo mundo. Quem quiser denunciar, entra na conta e de lá manda uma mensagem para outra conta que a gente vai criar, que pode chamar equipehercules@themail.com.

– Resolvido! – comemorou Marina. – Vamos dividir o trabalho então. Eu crio as contas de e-mail e passo as senhas para todos.

– Eu crio a página, adiciono vocês como administradores e faço as primeiras postagens, falando do objetivo da página – propôs Davi.

– Eu posto as fotos que fiz! – falou Laura com empolgação, feliz pela perspectiva de ver suas imagens na web.

– E todos nós divulgamos para os nossos contatos do bairro, mas com cuidado para não dizer que é um projeto nosso, ok? – recomendou Rafa, com a concordância dos outros. – Ah, também seria bom se a gente tivesse um arquivo para reunir as anotações sobre a investigação. Vou criar um pela conta de e-mail e compartilhar com vocês. Assim, quem quiser pode acessar, ler e escrever.

Satisfeitos com as deliberações do dia, a reunião foi dada por encerrada. Marina fez uma última observação, antes de o grupo se dispersar:

– Notaram que tem muito menos gente passeando com cachorros pela praça? – os meninos olharam em volta para confirmar. – Tá todo mundo assustado com essa história... Temos mesmo que ajudar a esclarecer tudo.

LULU DA POMERÂNIA

- **Área de origem:** Alemanha
- **Função original:** companhia

É também conhecido como spitz alemão anão. Dois dos três cachorros que sobreviveram ao naufrágio do navio Titanic, em 1912, eram da raça.

9. Princesa

No intervalo da aula de sexta-feira, os três colegas comemoravam o sucesso da página "Extermínio de cães no Pomar", já com 118 curtidas. As pessoas estavam comentando as postagens, elogiando a iniciativa e manifestando indignação com as mortes. Para movimentá-la sem ficar falando só das mortes, Laura teve a ideia de postar vídeos legais de cachorros. Ainda não havia chegado nenhuma denúncia anônima pelo e-mail, mas os meninos sentiam que era questão de tempo.

Foi quando Davi lembrou: tinha chegado o dia em que o matador provavelmente iria agir de novo. E se o raciocínio da Laura estivesse certo, seria na casa da rottweiler Princesa. O que fazer?

Como queriam pegar o sujeito no flagra, a melhor ideia era montar uma tocaia – os quatro escondidos em algum lugar, de preferência filmando, esperando alguém passar e jogar no jardim da casa a bola de carne com estricnina. Mas efetivar aquela proposta era complicado. Onde se esconder? Não havia lote ou casa abandonada por perto. A casa do Davi e da Laura, mesmo sendo próxima, não permitia um ângulo adequado. Rafa sugeriu subirem numa árvore, mas logo concluiu que poderiam ficar ali a noite toda, o desconforto seria enorme, fora o risco de fazerem barulho e colocarem tudo a perder. Outra possibilidade seria esconderem-se dentro de um carro estacionado ali perto, mas sabiam que seus pais não iriam colaborar deixando o carro na rua.

Dessa forma, os três constataram, com pesar, que a vigília, pelo menos naquela noite, seria inviável. Restava torcer para que o criminoso não agisse, ou que pelo menos deixasse pistas para a manhã seguinte.

* * *

O sábado chegou com duas más notícias. Sim, o criminoso agiu. E não, ele não deixou pistas. O dono, um dentista chamado Wanderley, tentou socorrer a Princesa, mas foi tarde demais.

Na porta da casa da vítima, misturados aos vizinhos que chegavam aos poucos, os meninos tentavam pescar informações com certo remorso por não terem avisado ao Wanderley para proteger o animal, já que tinham o palpite de que a tentativa de assassinato iria acontecer ali.

Mais tarde, reunidos na casa dos dois irmãos, os garotos encaravam o próximo desafio: a perspectiva de que o metódico assassino, seguindo sua lógica, iria tentar matar o velho Sanduba. O lado bom da ameaça é que dessa vez seria possível espionar para ver o sujeito em ação. A sala da casa tinha janelas com vidro fumê, possibilitando, a quem estava do lado de dentro, ver sem ser visto. Também daria para filmar, permitindo assim a produção de uma prova contra o criminoso. E quando ele jogasse o veneno no jardim, era só retirá-lo antes de o cachorro comer. Nesse ponto o risco era mínimo, já que Sanduba dormia dentro de casa.

O grupo planejava os detalhes da operação quando Laura exclamou:

– Gente, vejam como está a nossa página agora!

Debruçados sobre o notebook, os quatro viram o número de curtidas chegar a 245.

– A morte de hoje turbinou os acessos – constatou Davi.

De fato: mais e mais pessoas comentavam sobre o *serial killer*, de cuja existência cada vez menos gente duvidava. O medo e a revolta cresciam na rede, e entidades protetoras dos animais pelo país manifestavam solidariedade, pedindo providências das autoridades. A postagem de maior repercussão, com 34 compartilhamentos, era uma tocante foto feita há poucas horas pela Laura: a rottweiler Princesa morta no colo do seu dono Wanderley, que chorava como uma criança.

ROTTWEILER

- **Área de origem:** Alemanha
- **Função original:** guarda, pastoreio

A raça quase foi extinta no século 19, com a diminuição do uso de rottweilers para guiar o gado. Mas no século 20 eles ganharam status de cães policiais e de alerta.

10. VIGÍLIA

Quando a sexta seguinte afinal chegou, os membros da Equipe Hércules de Investigação não se aguentavam de ansiedade com a possibilidade de flagrar o assassino em ação. Reuniram-se às oito da noite na casa do Davi e da Laura e iniciaram um revezamento, sempre em dupla, trocando a cada hora. O movimento na rua era registrado em dois celulares que se alternavam a cada quinze minutos, deletando-se os trechos que não tivessem nada de anormal.

Às sete da manhã seguinte, quando deram por encerrada a vigília, a frustração era do tamanho do cansaço. Ninguém foi flagrado em atitude suspeita, ninguém parou em frente à casa. Poucos carros e motos circularam, e a pé não passou ninguém.

Davi tentou achar uma interpretação positiva para a falta de resultados:

– Talvez seja uma boa notícia! Quem sabe o cara resolveu encerrar a carreira de *serial killer*, ainda mais sabendo que tem um investigador da polícia na área?

Mas a hipótese otimista de Davi durou pouco. Às duas da tarde, ele recebeu uma mensagem do Rafa: "Mataram outro, um pit bull quase do lado da sua casa. Posso ir até aí?".

Podia, claro. Chegou em dez minutos e encontrou Davi e Laura já na porta de casa. Três residências depois da deles morava o Thor, que pertencia a um casal de funcionários da Prefeitura. Aproximando-se do grupo de pessoas que já se tinha juntado na frente da casa, ouviram que o cão tinha três anos e que nunca tinha ameaçado ninguém.

– Como você ficou sabendo, Miojo? – perguntou Davi.

– Um vizinho mandou uma mensagem para a nossa página. Estamos virando referência!

Os donos do pit bull, Marilda e Jonas, estavam indignados. A mulher ficou aos berros:

– Filhos da mãe! Vagabundos!

Sobrou até para o marido:

– Eu falei para você que era coisa séria, que iam matar o Thor, mas você não acreditou! Devia ter participado das reuniões!

O sargento Ferreira tentava acalmar o casal enquanto registrava mais um boletim de ocorrência. Rafa sentiu que não haveria informações novas por ali.

– Podemos ir para sua casa, Davi? Preciso anotar umas coisas.

– Vamos.

Marina chegou nesse momento e se juntou a eles. Estava brava, pois eles deletaram todos os arquivos de vídeo da noite de vigília:

– Provavelmente o criminoso estava em um dos carros que filmamos... Só que parou mais à frente. Se tivéssemos pensado nessa possibilidade...

* * *

Já na casa do Davi, Rafa usou o notebook para acessar o documento criado para compartilharem dados obtidos e suspeitas levantadas. Tinha resolvido fazer uma tabela para organizar as informações sobre as mortes. Com a ajuda dos parceiros para lembrar-se de tudo, a tabela ficou assim.

DATA DA MORTE	VÍTIMA	ENDEREÇO	IDADE	CÃO DE GUARDA?
09/05	Hércules (dobermann)	R. Mangueira, 32	2 anos	Sim
16/05	Zara (poodle)	R. Jabuticabeira, 55	5 anos	Não
23/05	Brutus (pastor alemão)	R. Jabuticabeira, 131	4 anos	Sim
30/05	Princesa (rottweiler)	R. Jabuticabeira, 162	8 anos	Sim
06/06	Thor (pit bull)	R. Jabuticabeira, 210	3 anos	Sim

– Vejam que curioso! – falou o Rafa. – O único padrão cem por cento repetido é a data, sempre de sexta pra sábado. Todas as mortes foram nessa rua, seguindo-se a numeração, menos a primeira. Todos os mortos eram cães de guarda, bravos, menos o segundo. E com idades variadas.

– É, mas nenhum era velho demais, como o Sanduba – observou Laura. – Será que foi por isso que não tentaram matá-lo?

– Acho que foi principalmente por ele não ser cão de guarda. Mas, se isso significa um padrão do nosso matador metódico, por que houve um momento em que ele desviou-se da sua lógica?

– Muito estranho – disse Marina. – Davi, tem mais cachorros na rua? Qual seria a próxima vítima?

– Já fiz esse levantamento: no próximo quarteirão tem dois cachorros, um yorkshire e um pastor alemão. Se o cara está matando só cachorro bravo, vai no pastor. Mas, se quiser confundir a gente, vai no york, que vem primeiro na sequência da rua.

– Temos que já ir pensando como vamos fazer a tocaia na semana que vem... Se são duas casas para observar, vai ficar ainda mais difícil – ponderou Marina.

– E o sujeito pode escolher qualquer outra rua, se achar que já tá manjada a... como é que é mesmo que você disse um dia, Marina? – perguntou Davi. – A "metodissice" dele.

Com o olhar longe, Rafa comentou:

– A não ser que a gente deixe de vigiar casas... e passe a vigiar pessoas.

– Mas quem? Não temos nenhum suspeito até agora! – falou Davi.

– Vamos pensar, vamos pensar... – convidou Marina.

Seguiu-se um silêncio incômodo, já que ninguém tinha uma proposta de rumo para as investigações. Marina mexia nervosamente no cabelo, como se quisesse ativar o cérebro. Rafael largou-se no sofá, olhando para o teto. Davi afagava o Sanduba com uma mão e folheava um mangá com a outra. Laura observava as fotos que tinha acabado de fazer na rua. Depois de quinze minutos angustiantes, Rafa jogou a toalha:

– Acho que não vamos conseguir nada agora... Tô sem nenhuma ideia.

– É, tá osso! – concordou Davi.

Rafa fingiu ignorar o trocadilho do amigo e propôs:

– Melhor deixarmos isso como tarefa "para casa". Vamos todos reler as anotações que estão no arquivo compartilhado. Até segunda à noite, cada um apresenta um suspeito ou uma ideia para levantar suspeitos. Ninja, você trabalha com a Laura. Combinado?

Não havia mais nada a fazer a não ser concordar.

PIT BULL

- **Área de origem:** Estados Unidos
- **Função original:** *bullbaiting*, cão de luta

O nome "pit bull" refere-se a três raças: american pit bull terrier, american staffordshire terrier e staffordshire bull terrier. As três foram criadas a partir de cruzamentos com raças para caçar animais grandes e proteger rebanhos.

11. Levantando nomes

O frio do mês de junho já começava a incomodar, o que fez os meninos trocarem o local dos encontros noturnos: em vez da praça, seria novamente na casa do Davi e da Laura. De mais a mais, a mãe deles, sempre por perto, estava acompanhando as conversas com interesse, admirando o empenho dos meninos no caso e servindo ótimos lanches.

Rafael falou primeiro:

– E então? Tiveram alguma ideia? Quem quer falar?

Marina levantou a mão:

– A pessoa que demonstrou o comportamento mais estranho até agora foi o Fabrício, dono do Hércules, quando conversou com o detetive. Pra mim, ali tem coisa.

– Mas qual é a sua sugestão? Conversar com ele? – questionou Rafa. – Duvido que funcione, ele não quis falar nem com o tal Nalbernard, que é da polícia!

– Eu pensei nisso. Minha ideia é falar com a esposa dele.

– Por quê?

– Ué, porque mulher costuma se abrir mais... Principalmente com outra mulher. Quero bater um papo com ela, quem sabe...

– Ok, fechado! Sua missão esta semana vai ser essa. E vocês?

– Bom – começou Davi –, a gente também pensou em falar com os donos dos cachorros mortos, mas não por suspeitar deles. Seria para saber se desconfiam de alguma coisa ou se receberam algum tipo de ameaça...

– Pode ser, apoiado! Temos que testar várias possibilidades.

– E você, Rafa, teve alguma ideia? – indagou Laura.

– Bom, eu pensei uma coisa e queria que vocês acompanhassem meu raciocínio. Concordamos que a pessoa deve morar no bairro, certo?

Os outros três fizeram um sinal positivo com a cabeça. Rafa prosseguiu:

– Pois bem. A toda hora pessoas do bairro se encontram para discutir as mortes, tanto na associação quanto nos locais dos crimes. Minha pergunta é: se vocês fossem o assassino, iriam participar desses encontros ou evitá-los?

– Eu acho que iria participar... – refletiu Marina. – Para levantar menos suspeitas.

– Exato – falou Rafa. – Vocês também pensam dessa forma?

– Faz sentido – observou Davi, com a concordância de Laura.

– Então, que tal a gente tentar descobrir quem tem estado mais presente nesses momentos?

– É um raciocínio interessante... Só acho difícil lembrar de todo mundo – disse Davi.

– Ou não... – falou Laura dando um sorriso. – Eu fiz um monte de fotos!

– Boa, garota! – vibrou o Rafa.

Os quatro se amontoaram em frente ao notebook, manuseado pela Marina, para analisar as imagens produzidas pela caçula do grupo. Sem muito esforço, identificaram os dois moradores mais assíduos, presentes na última reunião na associação e nos "velórios" do Brutus, da Princesa e do Thor: dona Penha e seu Rubens.

– Os dois também estavam nas duas primeiras reuniões, tenho certeza – lembrou-se Rafa. – Teve até um princípio de atrito entre eles... – Depois de uma pequena pausa, prosseguiu: – Mas a dona Penha, eu acho improvável que tenha feito alguma coisa. Foi ela que percebeu que havia um exterminador de cães, estava muito apavorada no primeiro dia. A tensão dela era verdadeira... A não ser que seja uma grande atriz, não acredito no envolvimento dela. Acho que ela aparece nos eventos acima de tudo porque é muito curiosa. Minha mãe fala que ela é a maior fofoqueira do bairro!

– E é mesmo! – gritou da cozinha dona Anita, que preparava uns quibes.

– Mas chegamos num ponto em que não basta achar, temos que ter certeza! – comentou Marina. – Por mim, a gente tinha que investigar ela assim mesmo.

– E quanto ao seu Rubens, Rafa? – perguntou Laura.

– Bom, esse já é mais esquisito. Estava muito impaciente na primeira reunião, parece que é do tipo brigão... Sabiam que ele já foi presidente da associação?

– Eu não sabia! – espantou-se Davi.

– E na última reunião, ele insinuou que algumas pessoas no bairro eram brigadas, mas não quis falar mais, lembram?

– Verdade! – disse Laura.

– Sempre o vejo reclamando de alguma coisa do bairro. É mal-humorado pra caramba... Mas será que isso é motivo para suspeitarmos dele? – Davi falava andando pela sala, como que para ajudar a pensar.

Marina, que continuava a mexer no notebook, deu um grito:

– Gente, para tudo! Parece que alguém resolveu ajudar a gente! Chegou o primeiro e-mail da conta denunciaanonima@themail.com!

– Lê aí, Branca! – pediu Rafael, sem esconder a excitação.

Marina limpou a garganta antes de continuar.

– A pessoa não se identificou, mas a mensagem é a seguinte: "Boa tarde. Não sei quem são vocês, mas tenho uma informação que pode ser útil. Há um ano, uma pessoa fez uma campanha contra os cachorros do bairro, porque eles faziam cocô nas calçadas e muitos donos não recolhiam. Essa pessoa espalhou cartazes de protesto, fez abaixo-assinado, até propôs uma taxa extra de limpeza para quem tinha cachorro, queria castrar todos os bichos. Numa das vezes em que reclamou, disse que cachorro era uma praga e que, se pudesse, mandaria matar! Minha sugestão é que vocês investiguem essa pessoa. É alguém que vocês devem conhecer...".

Marina parou a leitura, fazendo um suspense que torturou os outros.

– Quem é, Marina? Fala logo! – implorou Laura.

– Ele mesmo, o seu Rubens.

YORKSHIRE TERRIER

- **Área de origem:** Inglaterra
- **Função original:** cão de caça

São corajosos, determinados e investigativos. Gostam de alertar o dono quando há algo estranho e adoram um colo.

12. SIMULTANEAMENTE

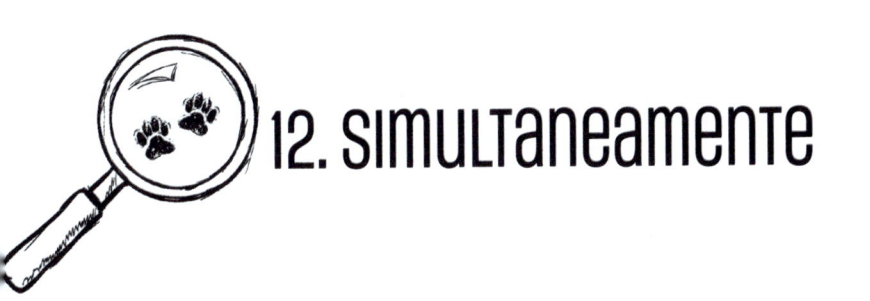

Dona Anita, mãe do Davi e da Laura, lembrava-se bem da campanha do seu Rubens contra os cachorros, de modo que confirmou as afirmações do e-mail anônimo. De fato, o ex-presidente da associação de moradores protestara de forma veemente contra os animais, assustando seus proprietários. Ela acrescentou outras informações: seu Rubens tinha sido coronel do Exército, o que explicava seu estilo "linha dura", e parecia fazer questão de deixar claro, em qualquer ocasião, que tinha porte de arma. Se era de fato violento, ela não sabia; mas a impressão é que ele se esforçava para cultivar essa imagem, ajudado pela intimidadora altura de 1 metro e 90. Usava um imponente bigode, tão branco quanto os cabelos, ainda volumosos. Devia ter mais de setenta anos, mas mantinha um porte altivo e era visto frequentemente fazendo caminhadas na pista às margens do rio. Sempre sisudo, sempre apressado, sempre mal-humorado.

As informações deixaram a Equipe Hércules em alvoroço e dona Anita preocupada:

– Vejam lá o que vão fazer, hein, meninos? Esse sujeito não parece ser flor que se cheire.

– Pode deixar, mãe – tentou tranquilizá-la Davi. – Vamos investigar com muito cuidado. Nesse ponto é bom ser adolescente, ninguém leva a gente muito a sério. Acho difícil que o seu Rubens nos veja como uma ameaça.

– Não seria a hora de vocês falarem com o tal detetive?

– Ainda não, dona Anita. Vamos tentar reunir alguma prova, depois a gente o aciona – Rafael não escondia o desejo de o grupo avançar sem precisar fazer parceria com o "colega" adulto.

– Então temos que nos organizar para as tarefas da semana – falou Marina. – Ou vamos focar no nosso principal suspeito?

– Não! – reagiu Rafa. – Temos que explorar todas as possibilidades simultâena... simbutânia... simu... como é mesmo que a minha mãe fala?

A turma riu e dona Anita socorreu:

– "Simultaneamente", garoto!

– Isso! Diacho de palavra difícil! – Rafa também gargalhou, quebrando um pouco a excitação do momento. – Vamos nos dividir e agir ao mesmo tempo, principalmente porque já morreram muitos cães... Se a gente focar no seu Rubens e não for ele, outras mortes vão acontecer! Temos que dar uma acelerada no nosso ritmo, principalmente agora que temos várias possibilidades!

Com o "de acordo" da galera, Rafa prosseguiu exercendo sua liderança natural:

– Marina, você disse que queria falar com a esposa do Fabrício, certo? Então faça isso.

– Positivo, Miojo!

– Davi e Laura, vocês conversam com os outros donos de cães assassinados, pode ser?

– Sim – respondeu Davi –, e tenho uma ideia para fazer o pessoal querer falar com a gente. Vamos dizer que as entrevistas são para o jornalzinho do colégio e que foi a professora que pediu.

– Boa! – disse Rafa. – Ninguém nega ajuda a estudantes com um trabalho de escola por fazer! Quanto a mim...

– Tá pensando em falar com o seu Rubens?! – perguntou Marina, apreensiva.

– Não, acho melhor não... Temos que encontrar outro meio. Mas outra tocaia não vai dar certo, porque não vamos ter ângulo para, daqui, espionar a ação do matador... E também, como já falamos, o cara pode resolver atacar em outras casas, para confundir as investigações... A essa altura, mais gente está desconfiada de que ele está seguindo a numeração da rua.

– É como você mesmo disse, Miojo – apontou Davi –, a gente tem que deixar de vigiar casas e começar a vigiar pessoas.

– Sim, é por aí – concordou o menino. – Mas como? Não podemos montar um acampamento na porta da casa do seu Rubens...

– Nem de outro suspeito que venha a aparecer com as conversas que a gente tiver por aí – acrescentou Laura.

– Pois é... – Rafael pôs a mão no queixo, coçando uma barbicha imaginária. – Essa é uma questão pra gente resolver.

– Outro "para casa"? – propôs Davi.

– Vai ser o jeito...

BULDOGUE INGLÊS

- **Área de origem:** Inglaterra
- **Função original:** luta com touros (como todos os bulls)

São propensos a engordar, o que pode trazer problemas respiratórios e sobrecarregar a coluna. Por isso, devem fazer atividades físicas. O buldogue inglês inspirou o personagem Spike, do desenho *Tom & Jerry*.

13. Marina no salão

Marina não era uma menina que poderia ser chamada de "supervaidosa". Era naturalmente bonita sem nenhuma produção, e não fazia questão de chamar atenção por onde passava. Seus cabelos pretos e lisos eram fáceis de cuidar, e foi por isso que a mãe dela, dona Cláudia, estranhou quando a menina pediu para ir ao salão de beleza do bairro em plena terça-feira. Mas permitiu sem questionar, apenas pensando: "Deve estar de namorico na escola... Mas não vou perguntar para não parecer 'careta'."

Marina se dirigiu ao salão Tão Bela feliz com sua esperteza. Tinha conseguido mais rápido do que imaginava um encontro "por acaso" com Eleonora, a esposa do Fabrício. Sua estratégia: ligar para o salão forjando uma voz de mulher mais velha e descobrir se a moça era cliente do local – provavelmente seria, já que era o único do bairro. Enquanto caminhava, relembrava o diálogo por telefone.

– Alô, meu nome é Rúbia... Eu sou nova no bairro e estava querendo conhecer o salão! Ouvi falar muito bem!

– Ah, obrigada! Eu sou Rosemary, a dona do salão! Quem nos indicou?

– A Eleonora, da rua Mangueira! Ela é cliente aí, né?

– Sim! Coitada, até hoje está sofrendo por causa do cachorro...

– Pois é, fiquei sabendo... Aliás, quando é que ela costuma ir aí? Eu queria aproveitar para encontrar com ela...
– Pois você deu sorte, ela agendou horário para daqui a uma hora!
– Ah, que pena... Nesse horário não vou poder... Depois eu ligo para marcar!
– Não quer marcar já?

Mas a Rúbia, ou melhor, a Marina, já tinha desligado e gritava pela casa:
– Mãe, me dá dinheiro para ir à manicure?

Quando a menina entrou no salão, Eleonora já tinha chegado e começava a ser atendida por Rosemary, que iria fazer suas unhas.

Disfarçando a ansiedade, Marina sentou-se na cadeira ao lado de Eleonora e disse que também gostaria de fazer as unhas. Rosemary chamou uma funcionária para atender a garota, que já tinha ido ao salão com a mãe.
– Você é filha da dona Cláudia, né?
– Sim!

Nem foi preciso que Marina puxasse assunto com Eleonora. A manicure, pelo visto bastante curiosa com os acontecimentos recentes do Pomar, já começou perguntando para a cliente:
– Descobriram quem está matando os bichos?
– Ainda não... Mas meu marido não quer nem falar desse assunto.
– Sério?
– É... Ele ficou mais triste que eu, que era a dona do cachorro!
– Como assim?
– É que o Hércules era meu antes de a gente casar, estava comigo desde filhotinho... Daí a gente casou e ele foi morar com a gente. Mas o Fabrício sentiu demais a perda dele, ficou sem dormir, acho que se sentindo culpado... Como

se a gente tivesse culpa de ter um psicopata canino à solta por aí.

Marina, atentíssima, achou que a essa altura já podia participar da conversa:

– Dona Eleonora, sem querer me intrometer... Vocês acham que alguém poderia querer matar o cachorro? Sei lá, para se vingar de vocês... Estou perguntando porque na minha casa também tem cachorro, a gente está com medo...

– Não creio, não. O Fabrício é muito querido no bairro, nasceu e cresceu aqui...

Com a resposta negativa a sua principal pergunta, Marina prosseguiu a conversa com uma indagação trivial:

– E vocês pensam em ter outro cão?

– Por enquanto não, até porque agora a gente tem um gatinho...

– Ah, é? Que lindo! Adoro gato!

– É, eu também! Por mim a gente teria tido um gato junto com o Hércules, mas o meu marido tinha medo que brigassem... Besteira, porque cachorro e gato podem conviver muito bem!

– Eu não gosto de gato! – comentou Rosemary, tentando retornar ao papo.

– Pois é um bicho que, além de fofo, é muito útil em casa, sabia? Principalmente numa casa frequentada por ratos como a minha...

– Tem ratos na sua casa, Eleonora? – espantou-se a dona do salão.

– Ô, se tem... Esse rio poluído aí virou uma infestação, e passa bem atrás da nossa rua! É por isso que eu queria tanto um gato. Tenho pavor de rato!

– Essa Prefeitura, vou te contar, viu?! Já tem mais de dois anos que falaram de tratar esse esgoto...

A partir daí, a conversa descambou para a política e todas as promessas, artimanhas e falcatruas dos políticos locais. As unhas da Eleonora ficaram prontas e ela se despediu sem que Marina conseguisse pensar numa forma de retomar o assunto que a levara até ali. O encontro não rendeu mais nada.

LABRADOR

- **Área de origem:** Canadá
- **Função original:** busca na água

  Têm um faro excepcional – conseguem encontrar vítimas de avalanches enterradas sob seis metros de neve e podem detectar odores que tecnologias mais avançadas não conseguem encontrar.

14. O Palmeirense

Davi e Laura saíram de casa para as entrevistas com os donos de vítimas, sob o olhar atento da mãe. Apesar de apreensiva, dona Anita também estava feliz, pois a Equipe Hércules estava servindo para deixar os dois menos "irmãos" – ou seja, com menos brigas, disputas e implicâncias – e mais "amigos".

Como a dupla tinha decidido fazer o caminho inverso à sequência das mortes, começaram pelos donos do pit bull Thor, mas nem o Jonas nem a Marilda estavam em casa. Davi comentou que talvez fosse melhor fazerem as visitas à noite, quando os adultos provavelmente já tivessem voltado do trabalho. Mas como já estavam na rua, decidiram continuar tentando.

Foram então à residência do Wanderley, dono da rottweiler Princesa. Deram sorte: o dentista tinha ido almoçar em casa e já estava na porta, preparando-se para retornar ao consultório. Como tinha "um tempinho", como ele mesmo disse, poderia colaborar com os estudantes e seu jornalzinho. A conversa aconteceu ali mesmo, em frente ao carro dele.

– Seu Wanderley – começou Davi, acionando o gravador de áudio do celular –, como era sua relação com a Princesa?

– Ah, nem me fale... – suspirou ele. – A Princesa era minha melhor amiga... Eu me separei há três anos, minha mulher ficou com nosso filho, então, só me restou a Princesa como companhia.

– O senhor... – ensaiou falar Laura, cheia de dedos – ... chegou a desconfiar da sua ex-esposa? Quero dizer, a separação foi numa boa ou teve briga?

– Separação nunca é totalmente numa boa, mas briga não teve. E não, não tem a menor possibilidade de minha ex-mulher estar envolvida. Ela também amava a Princesa.

– Mas o senhor tem alguma suspeita? – perguntou Davi, chegando logo aonde interessava.

– Sim, teve uma situação que eu até relatei para aquele detetive que está investigando, o...

– Nalbernard – respondeu Davi, deixando o dentista surpreso com o nível de informação dos meninos.

– Sim, ele mesmo. Eu falei que houve um problema no ano passado com um paulista que veio recentemente morar na cidade, um tal de Carlos Alberto.

– Sei quem é, um louro do cabelo comprido, né? – disse Davi.

– Esse mesmo. Ele mora naquela casa ali e torce pro Palmeiras, é fanático... Então, ele solta fogos toda vez que o time dele faz gol ou ganha uma partida. Nem sei por que faz isso, pois na cidade nem tem torcedor rival para ele provocar... Mas a verdade é que os fogos assustam os cachorros, eles têm uma audição muito sensível, e a Princesa sofria muito...

– É verdade, o Sanduba também sofre, vai para debaixo da mesa toda vez que tem foguetório! – comentou Laura. Com os olhos, Davi sinalizou para a irmã que não interrompesse mais.

– Pois é. Um dia encontrei com esse Carlos Alberto na praça. Eu estava passeando com a Princesa e pedi para ele dar uma maneirada no barulho, porque os cachorros estavam sofrendo e tal, vários donos de cães tinham reclamado...
– Wanderley abaixou a voz, como se o vizinho pudesse ouvi-lo, antes de prosseguir. – Só que ele fechou a cara e falou que nada ia impedi-lo de manifestar o amor que tinha pelo

Palmeiras... Foi muito agressivo! Eu não entendi, porque fui bem educado, falei numa boa... Mas ele ficou irritado, falou que a cidade só tem caipira e ficou repetindo alto: "Danem-se os cachorros, aqui é Parmêra!".

– Sinistro, hein? – exclamou Davi.

– Bota sinistro nisso! Depois, conversando com outros vizinhos, fiquei sabendo que ele já tinha sido grosseiro com outras pessoas, que é um sujeito antissocial, até hoje não tem amigos no bairro... Bem esquisito mesmo – Wanderley pegou a chave do carro e despediu-se da dupla. – Agora preciso ir, garotos. Espero ter sido útil.

O dentista entrou no carro e saiu, deixando os meninos intrigados e excitados:

– Acho que temos uma pista quente, maninha! – comemorou Davi.

FOX PAULISTINHA

- **Área de origem:** Brasil
- **Função original:** cão de guarda e alarme

Os fox terrier que deram origem à raça chegaram ao Brasil com os navegadores portugueses e holandeses. Aqui, cruzaram com outras raças, como o chihuahua e o pinscher, dando origem ao fox paulistinha.

15. TRÊS NOMES

Como combinado, o encontro da Equipe Hércules para fazer um balanço dos progressos do dia aconteceu às sete da noite, na casa do Davi e da Laura, com direito a pipoca e refrigerante.

Marina começou falando. Relatou sem grande entusiasmo as principais informações que conseguiu no salão: o silêncio e o sofrimento do Fabrício, o novo animal de estimação da família, a infestação de ratos. Enquanto falava, Davi digitava tudo no documento compartilhado em que o grupo registrava suas descobertas.

– Enfim, foi só isso – lamentou Marina. – Não sei até que ponto isso vai ser útil...

– Mas pelo menos suas unhas estão lindas, amiga! – brincou Laura.

– Peraí, acho que tem coisa importante aí, sim! – falou Rafa. – Analisem a situação: a esposa quer ter gato em casa e o marido não deixa, por causa do cachorro. O cachorro morre, e agora eles passam a ter um gato.

– Você tá achando que... a esposa matou o cachorro?! – perguntou Marina, quase se engasgando com a pipoca.

– Você mesma falou que ela não sofreu tanto quanto o marido com a morte do Hércules, não foi?

– Foi o que ela disse, mas... é uma hipótese muito improvável, na minha opinião! E mesmo que seja verdade, não explica as outras mortes!

– A não ser que ela resolvesse matar outros cachorros para não suspeitarem dela...

– Caramba, Rafa! Você acredita que ela seria capaz disso?

– Você pode dizer melhor que a gente, Branca! O que achou dela?

– Bom, é uma mulher normal... que tem pavor de rato, como qualquer mulher normal. Não dá para imaginá-la fazendo tudo isso só pelo direito de ter um gato em casa, ainda mais sendo a primeira dona do cachorro. Mas como você mesmo diz, Rafa, não podemos descartar nenhuma possibilidade por enquanto, né?

– É verdade. Bom, agora o relato de vocês – disse Rafa referindo-se aos irmãos.

Davi fez sua explanação, agora com Marina registrando os dados no arquivo. A história do conflito entre o dentista e o palmeirense era mesmo intrigante.

– ... E depois disso ainda fomos nas casas do pastor alemão e da poodle, mas não encontramos os moradores.

– Tudo bem, tudo bem. Já temos nesse paulista aí um supersuspeito! – comentou Rafa, novamente coçando uma barbicha imaginária. – Nossa listinha, então, tem três nomes: Carlos Alberto, seu Rubens e dona Eleonora.

Com a cópia da ata de votação das câmeras em mãos, Davi conferiu o voto de cada suspeito.

– Seu Rubens, Fabrício e Eleonora foram contra... O nome do Carlos Alberto não aparece, pelo jeito ele não foi à reunião. A questão é: como vigiar o comportamento dos três no próximo fim de semana? Conseguiu pensar em alguma estratégia, Miojo?

– Eu, não... – respondeu Rafa, tentando esconder o sorriso, enquanto enfiava a mão na mochila. – Mas ele, sim!

De dentro da mochila, saía um velho conhecido: o *Manual do Detetive*.

– Vou explicar para vocês – prosseguiu o garoto, ansioso.

Schnauzer Miniatura

- **Área de origem:** Alemanha
- **Função original:** caçar ratos

"Schnauzer" em alemão significa "barba curta". Tem como marca registrada suas grossas sobrancelhas e um bigode avantajado. O Bidu, da *Turma da Mônica*, é inspirado na raça.

16. APERTANDO O CERCO

A operação teve início na sexta-feira às oito da noite, quando cada membro da Equipe Hércules assumiu sua posição inicial. Rafa estava escorado num muro na esquina das ruas Limoeiro e Mangueira. Com um olho, jogava "Supercrânio" no celular; com o outro, vigiava a porta da casa do casal Fabrício e Eleonora. No portão de sua casa, de modo que pudesse entrar rapidamente em caso de necessidade, Laura observava o movimento na residência do palmeirense fogueteiro. Marina sentou-se no banco da praça exatamente em frente ao sobrado onde morava o senhor Rubens. E Davi, de bicicleta, circulava entre os três pontos para dar apoio à operação.

Do banco, Marina fez os telefonemas combinados. Não tinha sido difícil conseguir na lista telefônica os números das linhas fixas dos três suspeitos. A tarefa era descobrir se eles estavam em suas respectivas casas. A menina imitava voz de atendente de telemarketing:

– Eu gostaria de falar com o senhor Rubens, ele se encontra?

– Sou eu, quem fala?

– É da sua operadora de TV a cabo... É só pra saber se o sinal está ok.

– Tá ótimo, normal.

– Obrigada, senhor. A operadora agradece e lhe deseja uma boa noite!

Após fazer outras duas ligações, Marina informou aos outros membros da equipe o resultado: todos os suspeitos estavam em casa.

A informação deu início à fase 2: instalar "detectores de movimento" nas entradas das casas sob vigilância, como ensinado no *Manual do Detetive*. Rafa, Marina e Laura foram rápidos. À frente dos portões das garagens, jogaram cereais matinais de milho, que seriam esmagados caso um carro saísse. Nos portões de pedestre, colocaram uma fina linha de costura presa nas duas pontas por fitas adesivas discretas, de modo a ficarem atravessadas. Instaladas a 20 centímetros de altura do chão, as linhas se soltariam com a passagem de alguém a pé. Para reforçar os indícios, deixaram uma moeda sobre cada portão, posicionadas de modo a cair com o movimento de abrir ou fechar.

Reunidos na praça às 20h35, o grupo constatou que a operação transcorria bem até aquele momento. Nas ações junto às residências dos suspeitos, ninguém tinha sido flagrado e havia a confirmação de que todos eles estavam em casa. Se um deles resolvesse sair e encarar o frio na noite junina, deixaria sinais. A estratégia podia não dar nenhum flagrante, mas certamente eliminaria suspeitos e reforçaria outros. Além disso, daria uma noção melhor do momento em que o "cachorricida" costumava agir. Foi cada um para sua casa, e ficou combinado que se reuniriam às oito da manhã do sábado para a fase 3 da operação.

No dia seguinte, no horário combinado, os quatro jovens encontraram-se na esquina da casa do seu Rubens. A ideia era fazer uma vistoria conjunta nas entradas de cada casa vigiada, começando pelo velho resmungão. Mas tanto lá quanto nas outras duas residências, averiguadas na sequência, a constatação foi a mesma: os sinais de movimentação – cereais, moeda, linha – estavam intactos. A conclusão é que nem Rubens, nem Carlos Alberto, nem Eleonora e o marido tinham saído de casa nas últimas doze horas.

Na quarta e última fase, executada na sequência, o grupo visitou as casas na rua Jabuticabeira, onde moravam os dois cães considerados prováveis alvos do criminoso. Na casa do yorkshire Dengo, com a ajuda dos donos, vasculharam a frente da casa inteira, mas nada foi encontrado. Já no jardim do pastor alemão Fritz, Davi encontrou três bolinhas de carne moída no canto do muro, perto da torneira, e as recolheu com uma luva. Levaram para mostrar para o veterinário, que confirmou com um breve exame:

– Sim, é o chumbinho que já fez tantas vítimas por aí. Pelo menos desta vez a morte foi impedida. Parabéns, garotos.

* * *

Já na casa do Davi e da Laura, o grupo discutia e registrava no arquivo compartilhado as mais recentes conclusões.

– O criminoso agiu entre as oito da noite de ontem e as oito da manhã de hoje. Portanto, estão descartados o senhor Rubens, a Eleonora e o Carlos Alberto, que não saíram de casa nesse período – anotou Rafael.

– Fato. E pra mim tá confirmado que o sujeito é metódico – analisou Marina. – Continua agindo nas noites de sexta, continua seguindo a ordem numérica da rua, continua visando os cães de guarda. A morte da poodle foge do padrão, a morte na rua Mangueira foge do padrão. Mas, ainda assim, é nítido que existem esses critérios.

– Concordo, temos um assassino realmente metódico – falou Davi. – Mas como vamos encontrá-lo? Conferindo a maneira como cada morador do bairro faz anotações na agenda? Vendo se a cor da cueca combina com a camisa?

– Eu sugiro mais uma vez pedir ajuda às pessoas que seguem nossa página – disse Laura.

– Mas sua ideia é exatamente qual?

– Vamos informar as pessoas sobre essa nossa descoberta de que o sujeito é metódico, Rafa. E pedimos que nos indiquem pessoas que têm esse tipo de perfil. Podem fazer denúncia anônima, usando o e-mail novamente, se for preciso.

– Gostei! – vibrou Rafa. – Talvez apareçam bons palpites...

Feliz pela ideia dada, Laura pegou o notebook e fez a postagem imediatamente. Contou do chumbinho encontrado, recapitulou a sequência de mortes e fez o apelo: "Procura-se alguém metódico". Como nas outras mensagens escritas pelo grupo, teve-se o cuidado de manter o anonimato dos administradores da página na rede social. Revelar a conclusão, sim, mas a identidade ainda não.

A campainha tocou. Dona Anita, que atendeu a porta, retornou à sala com os olhos arregalados:

– Tem um homem moreno e forte, com cabelo tipo do Exército, querendo conversar com vocês.

– O detetive Nalbernard. Demorou... – disse Rafa, levantando-se para falar com o sujeito.

– Ué, por que "demorou"?

– Porque ele é detetive, Davi! Se não tivesse sacado até agora a nossa movimentação devia mudar de emprego, né?

AFGHAN HOUND

- **Área de origem:** Afeganistão
- **Função original**: caçador de lebres e gazelas

É conhecido por ser o cachorro da boneca Barbie. Também chamado de galgo afegão, é a raça que menos responde aos comandos de obediência de seu dono.

17. COM O DETETIVE

– Bom dia, jovens! – cumprimentou o investigador, mostrando a carteira profissional. – Meu nome é Nalbernard Osman, sou o responsável pelo caso dos animais exterminados no bairro.

– Bom dia, senhor, eu sou o Rafael e esses são a Marina, o Davi e a Laura. Como podemos ajudá-lo?

– Eu estou sabendo que formaram um grupo para investigar as mortes dos cães. Tenho visto vocês circulando por aí, fazendo perguntas, e imagino que a página sobre o caso criada no Facebook seja obra de vocês também.

– Sim, é – admitiu Rafa, percebendo que não era hora de mentir ou esconder. – Estamos muito preocupados com as mortes e resolvemos ajudar.

Nalbernard tirou os óculos escuros para limpar as lentes e prosseguiu:

– Muito bom, muito bom. Na idade de vocês, eu já gostava disso também. Mas preciso fazer um alerta: essa é uma atividade perigosa. Nós estamos diante de um sujeito calculista, que por enquanto só atacou cães. Mas se alguém entrar no seu caminho e ameaçar sua liberdade, não duvidem de que poderá atacar pessoas também.

– Sim, senhor – respondeu Marina engolindo em seco.

– Mas a razão da minha visita não é convencê-los a desistir. Pelo contrário, queria propor somarmos forças. Que tal se a gente compartilhar as informações que conseguimos até agora?

    Sentindo confiança no homem, e também com a sensação de que não avançariam muito mais se continuassem agindo de forma independente, Rafa expôs as descobertas do grupo. Falou da observação de que o assassino era metódico ("Isso eu também notei", disse o detetive) e dos suspeitos que levantaram. Falou da extensa lista, nada útil até então, de pessoas que foram contra as câmeras de segurança, e relatou as conclusões da operação na noite anterior. O detetive disse também ter desconfiado do senhor Rubens, por relatos que ouviu de moradores, e do torcedor paulista, já que também tinha interrogado o dentista Wanderley.

– Conversei com o senhor Rubens um dia desses. Eu conheço esse tipo. Por fora é bravo, tem essa "casca grossa", mas não me pareceu capaz de agir com a frieza que o assassino vem demonstrando. Tive notícias de que é um ótimo avô, brincalhão e divertido em família. Já o palmeirense é uma incógnita. Descobri que já foi preso em São Paulo por brigar na rua e por porte de droga. Consta diagnóstico de bipolaridade na ficha dele. Com essa descoberta de que ele não saiu de casa ontem à noite, não sei o que dizer.

– Já que o senhor concorda que o assassino é metódico, por que não espiona a próxima casa, na sexta-feira que vem?

– Pretendo fazer isso, Rafael. Não fiz nas semanas anteriores por falta de recursos da delegacia... Estou me desdobrando em três casos diferentes... Mas nessa semana vai ser possível. Onde vocês imaginam que ele irá atacar agora?

– Hum... Depois da casa do pastor, a rua só tem mais um quarteirão, e lá tem um maltês e um golden retriever. Não tem mais cão de guarda na Jabuticabeira, não – relatou Davi.

– Então vai ser mais difícil saber para onde ele vai... Porque, mesmo sendo metódico, ele pode usar vários critérios para escolher a próxima rua – raciocinou o detetive.

– O senhor também acha que é alguém do bairro?

– Pode ser que sim, Rafael... Mas também pode ser que não. Talvez seja alguém interessado em fazer parecer que é, justamente para desviar a atenção.

– Mas nesse caso, qual seria o objetivo?

– Deixar as casas menos protegidas para poder roubá--las depois... Não se enganem, dinheiro ainda é o que move a maioria dos crimes. Se levarmos isso em consideração, em algum momento próximo, ele – ou eles, não dá para saber se é um só – vai partir para os assaltos.

O raciocínio pegou os meninos de surpresa, já que eles estavam o tempo inteiro trabalhando com a teoria de ser um vizinho.

– E o que mais o senhor descobriu? – perguntou Marina. Já que a proposta era trocar informações, elas também tinham de vir do detetive.

– A pista mais quente que tenho até agora é que o primeiro cão morreu de um jeito diferente dos outros, sabiam? Só ele ingeriu veneno para matar rato, enquanto os outros foram vítimas de chumbinho.

Pela maneira como Nalbernard falou, Rafa percebeu que ele não sabia da história contada pela Eleonora no salão: o gato, a infestação, o pavor de ratos... Instintivamente, preferiu não falar a respeito com o detetive – pelo menos não antes de discutir a nova informação com sua equipe.

– Interessante – limitou-se a comentar.

– De todo modo, não tem sido fácil avançar. Sinto que as pessoas do bairro estão com medo de falar... E quanto à página no Facebook? Está sendo útil?

– Sim – reconheceu Rafa –, mas mais para evitar novas mortes do que para descobrir o culpado.

– E também para mobilizar o bairro! – disse Laura, mostrando a tela do notebook. – Vejam, o presidente da associação curtiu nossa postagem sobre o matador ser metódico e resolveu marcar nova reunião para discutir o problema. Vai ser na próxima quarta, às vinte horas, no salão paroquial da igreja. Está pedindo pra gente ajudar a divulgar.

– Claro! A gente se encontra lá então, detetive? – disse Rafa estendendo a mão, sinalizando que a conversa já tinha rendido o suficiente.

– Sim! Ou antes, se houver alguma novidade. Pegue aqui o meu cartão.

– Obrigado, eu já tenho – disse o garoto, dando uma piscadela e mostrando na carteira o cartão recolhido na porta da casa do Fabrício.

maltês

- **Área de origem:** Malta
- **Função original:** cão de colo

Entre os registros antigos do convívio do maltês com a humanidade, há uma estatueta com a representação de um *bichon* (um dos nomes dados ao maltês) na cidade de Fayum, no Egito.

18. ÁLIBI

No já rotineiro encontro de terça-feira, os meninos conversaram sobre o veneno de rato que matou Hércules, mas não chegaram a nenhuma grande conclusão. Poderia ter sido a Eleonora, ou o Fabrício, ou um vizinho que também tentava livrar-se dos roedores... Poderia ter sido acidental ou proposital... E a mudança para o chumbinho poderia ser apenas por se tratar de um veneno mais letal.

Estavam fazendo essas especulações quando Davi propôs tentarem conversar com o Fabrício para aprofundar essa história. A abordagem foi imediata, pelo inbox do Facebook: "Boa noite, senhor Fabrício. Meu nome é Davi Quaresma. Estou fazendo um jornalzinho para o colégio e gostaria de entrevistá-lo a respeito das mortes dos cães no bairro. Quando podemos conversar?".

A resposta foi rápida, curta e grossa: "Não quero falar a respeito. Por favor, não insista".

– Vixe, o cara tá arredio mesmo, hein?

– E quanto à postagem sobre o bandido ser metódico, Davi? Algum comentário novo aí?

– Não, Marina. Nem e-mail na conta anônima.

– Pelo jeito, vamos ter que descobrir por conta própria...

Lembrando-se da reunião da associação no dia seguinte, Marina perguntou de repente:

– Laura, você tem as fotos feitas na reunião anterior? A gente pode fazer mais fotos amanhã e comparar o comportamento das pessoas presentes! Quem sabe a gente descobre alguém metódico, que sempre senta no mesmo lugar, que usa o mesmo tipo de roupa...?

– Pode ser uma boa – elogiou Rafa. – Se seguirmos o raciocínio de que o matador tende a frequentar esses eventos para levantar menos suspeitas, tem grande chance de ele estar lá amanhã!

Com os outros meninos em volta, Laura abriu no notebook a pasta com as fotos. Encontraram várias imagens feitas na reunião de 22 dias antes, dos mais variados ângulos, que poderiam ser úteis. Quando começaram a ser mostradas as fotos feitas no escritório da associação, Marina deu um grito:

– Volta aí, Laura!

A menina voltou uma, duas, três fotos.

– Essa! – disse Marina. Depois de examiná-la mais um pouco, perguntou: – Conseguem perceber alguma coisa nessa imagem?

– É o escritório do seu Marconi, que está pegando o livro de ata pra emprestar pra gente... O que tem de mais? – perguntou Davi.

– Veem a estante atrás do Marconi? – Marina deu um zoom na imagem. – Todos os lápis no pote estão com as pontas pra cima... Os papéis estão superorganizados, todas as pastas têm etiquetas... e estão dispostas formando um degradê!

Era fato: da esquerda para a direita, as pastas iam de branca, amarela, laranja, vermelha, roxa, azul-marinho e preta.

– Pessoal, acho que encontramos o homem mais metódico do bairro.

– Uau! – exclamou Davi lentamente.

– Mas tem um senão – alertou Rafa. – Seu Marconi pode ser metódico, mas tem um álibi.

– O que é isso? Uma raça de cachorro?

– Hahaha! Não, Davi! – Rafa abriu o *Manual do Detetive*, que agora ficava no QG do grupo, e mostrou na página 55: "Álibi é uma prova de que a pessoa estava em outro lugar no momento do crime e que, portanto, serve para inocentá-la". – Na primeira reunião, seu Marconi falou que estava chegando da praia. Vila Velha, se não me engano. Ou seja, ele esteve fora da cidade, quando aconteceram as duas primeiras mortes.

– Mas ele provou que viajou? – questionou Davi.

– Claro que não – disse Rafa –, ninguém pediu para ele provar nada. Mas estava com um bronzeado de quem tinha chegado da praia!

– Da praia ou de uma cachoeira aqui perto, né? Não tem diferença – questionou Marina.

– Pois é... E quem garante que ele não fez questão de contar que viajou justamente para ninguém desconfiar dele? – raciocinou Davi.

– Ué, agora vocês também me deixaram na dúvida... Vamos investigar, então! Como podemos saber se essa viagem realmente aconteceu sem precisar perguntar pro cara?

– O Facebook dele! – disse Laura. – Ele curtiu nossa postagem, dá para achá-lo por lá!

Acharam, mas não puderam entrar: o acesso às postagens e fotos do perfil "Marconi Gonzaga Filho" estava restrito aos amigos. Os meninos poderiam adicioná-lo, mas, considerando que ele sabia do grupo de investigação, iria desconfiar – principalmente se tivesse culpa no cartório.

– Podemos criar um perfil *fake* – sugeriu Davi.

– Ou investigar através de outro perfil! – disse Laura. – Eu sigo o filho mais novo dele, que estuda no colégio. Chama-se Sânzio!

Enquanto era "acusada" pelo irmão de estar *stalkeando* o menino com "segundas intenções", Laura fez login no aplicativo e localizou o perfil do garoto. Na seção de fotos, havia dezenas de imagens no álbum "Vila Velha". A primeira postagem datava do dia 8 de maio, e a última, do dia 18 – o período exato em que as primeiras mortes ocorreram. Em várias fotos, lá estava o Marconi curtindo as férias. O álibi estava confirmado.

– Podem riscar o nome dele, gente – reconheceu Rafa.

GOLDEN RETRIEVER

- **Área de origem:** Inglaterra
- **Função original:** cão de busca

Adoram brincar, inclusive na água, e se dão bem com qualquer um, inclusive com estranhos e outros animais. Os primeiros três campeões de obediência do American Kennel Club eram golden retrievers.

19. Remela

Foi uma das reuniões mais cheias dos últimos anos da Associação dos Moradores do Bairro Pomar. O zum-zum-zum em torno da matança dos cães chegava ao auge. Todo mundo queria notícia de suspeitos, de providências, de novas vítimas, e os boatos corriam longe. Pessoas de toda a cidade, envolvidas com a defesa dos animais, faziam circular uma lista de adesão a uma passeata que aconteceria na manhã seguinte. À frente da plateia, perto da entrada do escritório, estava a Equipe Hércules de Investigação.

Seu Marconi falou sobre o medo que pairava sobre o bairro. Mencionou a página "Extermínio de cães no Pomar", elogiando a iniciativa e convidando as pessoas para fazerem denúncias por lá. Apresentou o detetive Nalbernard formalmente ao bairro, pedindo que colaborassem com ele como fosse possível. Quando começou a falar sobre uma proposta de abaixo-assinado, seu celular tocou.

– Só um instante, pessoal. É da minha casa, vou atender porque pode ser urgente.

E era.

– Não vou conseguir continuar conduzindo a reunião – falou Marconi lentamente. – Meu cachorro acaba de morrer envenenado.

Houve uma comoção geral, que inicialmente provocou um silêncio de luto e, depois, deixou a plateia mais exaltada do que nunca.

Seu Marconi foi levado pelo detetive para o escritório, onde poderia sentar-se e respirar um pouco. Estava sem ação, branco como cera. Antes que a porta fosse fechada, Rafa surgiu e ofereceu ao detetive:

– Quer que a gente pegue uma água pra ele?

Nalbernard aceitou e agradeceu, sinalizando para os meninos que eles poderiam entrar e ficar. Mesmo um pouco constrangido, afinal era um momento de dor para o dono do cachorro, o detetive sabia que era preciso conversar o quanto antes com o alvo da vez. E, com a perspicácia que os meninos já haviam demonstrado, era melhor que também estivessem presentes.

Cinco minutos depois, quando parecia um pouco refeito, Marconi ligou para sua família em busca de detalhes sobre a morte do cão. Ficou sabendo que o envenenamento devia ter acontecido no fim da tarde, quando o cachorro passeava na praça.

– Então não jogaram o chumbinho no seu jardim, como fizeram com os outros? – surpreendeu-se Rafa.

– Não, e eu imagino por quê. É alguém que sabe que tenho câmeras no muro... Pelo jeito foi assim: por volta das cinco horas, pedi a meu filho para ir passear com o Remela na praça. Lá o cachorro costumava ficar solto, era muito manso. O menino deve ter se distraído, e o Remela comeu a desgraça do chumbinho. Chegou em casa e deitou no canto dele. Como meu filho e minha esposa saíram de casa em seguida, ninguém viu o coitado se debatendo. Só há pouco eles chegaram de volta e encontraram o corpo já sem vida. Não entendo, qual a razão de matarem tanto bicho? Quanta covardia! E por que o Remela, que estava velho, nunca fez mal pra ninguém, até porque até outro dia nem morava aqui?

– Pelo visto, para te atingir. O senhor imagina quem pode estar por trás disso?

– Não faço a menor ideia, detetive, mas prometo pensar a respeito. Minha preocupação agora é ver se não tem mais veneno por aí, porque outros cães podem ser vítimas desse psicopata!

O detetive concordou e todos saíram imediatamente do salão paroquial da igreja para vasculhar a praça. Resolveram se espalhar pelos canteiros, para procurar mais rapidamente. Outros vizinhos, presentes à reunião, juntaram-se na difícil busca, à noite e em meio à grama. Foi o próprio Marconi quem encontrou, no jardim atrás do coreto, duas bolinhas de carne provavelmente com estricnina – resquícios da ação criminosa que terminou com a morte do seu pobre Remela. Marconi entregou o veneno para o detetive e despediu-se.

– Agora preciso ficar com minha família, pessoal.

* * *

Nalbernard e os garotos sentaram-se numa mesa da sorveteria para conversar.

– O bandido metódico não é mais tão metódico assim – comentou Rafa. – Hoje ele variou o dia, a rua onde agiu (a praça não fica tão perto da rua Jabuticabeira), o lugar onde jogou o veneno e o perfil da vítima, já que o Remela tinha catorze anos!

– Quanto ao perfil do cão, não dá para chegar a uma conclusão – disse o investigador enquanto cutucava as unhas com um velho canivete. – O veneno foi jogado na praça, e vários outros cachorros que passeiam por ali poderiam tê-lo comido. A pergunta é: será que queriam matar qualquer cachorro ou visaram mesmo ao do seu Marconi?

– Por que o senhor acredita que o sujeito abriu mão de ser metódico? – indagou Marina.

– Talvez ele tenha lido a postagem no Facebook... Por incrível que pareça, os bandidos também estão nas redes sociais. E se alguém espalhasse por lá que eu era metódico, a primeira coisa que faria seria deixar de ser metódico, só para confundir!

– Putz, é mesmo! Que vacilo! Como a gente não pensou nessa consequência?! Burros, somos burros!!!

– Calma, Rafael, não fique assim, vocês estão indo bem – disse Nalbernard. – Usar as redes sociais pode ajudá-los muito, até já ajudou. Mas esse movimento de fato foi impensado... Como uma torre que você desloca para comer um peão, sem perceber que ela vai ser comida pelo bispo.

A analogia doeu forte no Rafa, que se achava "fera" no xadrez.

– "Impensado" é bondade sua, detetive. Foi burrice mesmo. Vamos embora, turma. O dia de hoje já teve tristeza e vacilos demais.

BOXER

- **Área de origem:** Alemanha
- **Função original:** luta com touros, cão de guarda

São os cães braquicefálicos (com focinho achatado) mais altos do mundo. Exigem um alto nível de exercícios físicos: 90 minutos de atividades diárias.

20. OS PRÓXIMOS PASSOS

O dia seguinte teve uma reunião extraordinária da Equipe Hércules de Investigação na casa dos irmãos. Os últimos acontecimentos, e principalmente o fim do padrão de mortes semanais, pediam um ritmo mais intenso de trabalho.

A conversa começou com uma sugestão do Davi: prosseguirem conversando com os donos dos cães mortos. Faltavam o doutor Altamiro, do pastor Brutus, e a dona Verônica, da poodle Zara. Nas outras vezes em que foram procurados, nenhum dos dois estava em casa. Era preciso tentar novamente.

– Ok – disse Rafa. – Você e a Laura, que são vizinhos dos dois, ficam com essa incumbência. Quanto a nós, Marina... Eu estava pensando em comprarmos estricnina, o que acha?

– Hein? Pra quê? Mas a venda não é proibida no Brasil???

– Claro que é! Mas se o criminoso conseguiu comprar, também podemos descobrir quem vende clandestinamente em Santa Clara! E daí chegar ao nosso cara!

– É uma boa tentativa – concordou Marina, pegando o notebook. – Vou já fazer uma pesquisa na internet!

* * *

No início da noite, Davi e Laura saíram para suas "entrevistas". Na casa do pediatra Altamiro, luzes apagadas e a garagem vazia indicavam que a família continuava viajando. Mas na casa da dona Verônica, foi a própria que atendeu.

– Boa noite! Nós somos filhos da dona Anita! – disse Davi, explicando em seguida sobre a reportagem para o jornalzinho do colégio.

A senhora fez uma expressão ruim ao ouvir o assunto, mas topou conversar.

– Por favor, entrem.

Viúva, dona Verônica morava sozinha em uma casa simples, porém simpática, bem-cuidada, cheia de plantas pelo jardim. Contou que os filhos, já adultos, tinham se mudado para a capital, e falou do quanto sentia falta da Zara, sua única companheira nos últimos anos.

– Eu me lembro dela andando sozinha pelas ruas do bairro! – disse Laura.

– É verdade, a danadinha era pequena e conseguia passar pela grade! Mas sempre voltava, era muito obediente!

Davi deixou-a falar à vontade, contar histórias, mostrar fotos, chorar, para só então tentar entender melhor a morte da cadela, única cujo corpo não tinha sido examinado pelo veterinário.

– Por que a senhora jogou o corpo da Zara no rio?

– Foi sugestão do rapaz que a achou morta no jardim... Aquele filho da dona Inês, o Fabrício.

– Foi ele que encontrou a cachorrinha? – perguntou o menino arregalando os olhos.

– Foi! Ele estava passando aqui na porta pra fazer caminhada, no sábado bem cedo, e viu a coitadinha caída na garagem. Tocou a campainha e me avisou, foi um susto enorme! Mas ele é um rapaz muito bom, me ajudou demais. Ele contou que o cachorro dele tinha morrido do mesmo jeito na semana anterior, com veneno! Eu fiquei tão arrasada que nem consegui pegar a cadela no colo.

— A senhora não achou que seria bom confirmar o envenenamento?

— Sinceramente, na hora nem pensei. Estava muito triste, achei que foi bom me desfazer do corpo, resolver logo. É claro que depois eu me arrependi, porque sei que é errado jogar animal morto no rio. Mas a aflição faz a gente não pensar direito, vocês não sabem como é difícil, é muito sofrimento, meninos! — e voltou a chorar.

— Está pensando em ter outro cachorro? — perguntou Laura.

— Por enquanto, não... Não tenho coragem, porque pra mim a Zara ainda está por aqui... Sabiam que a casinha dela continua lá no quintal? Não tive coragem de jogar fora...

— Uau, a gente pode tirar uma foto? — pediu a menina, imaginando que a imagem de uma casa de cachorro vazia seria ótima para a página no Facebook.

— Não — respondeu secamente dona Verônica, fechando a cara. — Aceitam chá?

DÁLMATA

- **Área de origem:** Iugoslávia
- **Função original:** cão de carruagem

A raça já foi estrela nas telonas com o filme *101 Dálmatas* (1961). Nos Estados Unidos e na Europa, é "garoto propaganda" dos Bombeiros, com sua imagem estampada nos caminhões.

21. PELO MURO

Davi e Laura retornaram para casa logo após o chá, visto que a conversa não rendeu mais. Encontraram Marina e Rafael trabalhando na questão da estricnina. Pela internet, eles tinham encontrado vários fornecedores em outros países; gente vendendo na própria cidade, que era o que interessava, ainda não. Isso indicava que, se a pessoa comprou do exterior, foi algo planejado com antecedência, porque as previsões de entrega eram sempre superiores a trinta dias. Rafa teve a ideia de criar um e-mail *fake* e postar mensagens em alguns fóruns: "Alguém sabe onde comprar chumbinho em Santa Clara?", para ver se alguém respondia. Por sugestão de Marina, tiveram o cuidado de enviar um e-mail para o detetive Nalbernard, avisando da tentativa. "Se ele rastrear a mensagem, vai saber que somos nós."

Davi e Laura relataram a conversa com dona Verônica. O grupo ficou intrigado com duas coisas: a presença do Fabrício na história da Zara e o fato de a dona Verônica não querer mostrar a casinha da cadela.

— Sobre o Fabrício, temos várias perguntas — tentava organizar Rafa, mostrando as anotações no arquivo.

- O cachorro dele foi morto por acidente ou intencionalmente?
- Se foi intencional, qual dos dois o matou?

- O Fabrício tem alguma relação com a morte da Zara? Ou foi coincidência?
- Se ele matou o Hércules de propósito, por que mataria também a Zara?
- Por que ele sugeriu a dona Verônica que jogasse o corpo da Zara no rio?

– Esse quebra-cabeças tá complicado – reconheceu Marina. – Mas é certo que tem alguma coisa aí.
– Temos que continuar pensando e levantando informações – disse Rafa. – E quanto à casinha da cadela, hein?
– Bom, esse problema já é mais fácil de resolver...
– Como, Davi?
– Espiando o quintal da dona Verônica, ué!
– Você quer dizer entrar lá?
– Não precisamos entrar, Rafa!
– Explica logo sua ideia! – falou Marina.
– É simples. Do lado esquerdo da casa dela tem um lote murado, não tem construção nenhuma lá. A gente pula o muro, entra no lote e de lá a gente tenta descobrir o que ela tanto esconde no quintal!
– Mas espiar por cima do muro? E se for alto?
– Tecnologia, Marina! Vamos precisar de uma minicâmera, um celular e um pau de *selfie*. Tem tudo aqui em casa. O pau de *selfie* nós quase nunca usamos – e apontou para o armário da copa.
– Bem lembrado, Davi! A mamãe guardou porque saiu de moda, ficou brega... Quem diria que ia ser útil pra resolver um mistério!
– Excelente! Quando a gente vai agir, Rafa? – perguntou Marina.
– O quanto antes! Que tal... esta noite?
Sentaram e começaram a planejar – agora falando bem baixinho para não chamar a atenção da mãe, que assistia à

TV no quarto. Eles sabiam que aquele era o tipo de ação que mesmo dona Anita, que tanto apoiava as investigações, não iria aprovar. Meia hora depois, Rafa recapitulava a operação:

– À meia-noite saímos daqui. É lua cheia, nem vamos precisar de lanterna. Encostamos a bicicleta do Davi no muro e amarramos uma corda nela. Subimos na bike para alcançar o topo do muro. Depois puxamos a bike pela corda para levá-la para dentro do lote também, porque vamos precisar dela para sair de lá. Usamos a minicâmera, o celular e o pau de selfie para conhecer o quintal da dona Verônica. Laura, tem certeza que quer ir também?

– Claro! Acha que vou perder essa aventura?

– Então tá. Marina, já falou com seus pais?

– Mandei mensagem dizendo que a gente tem que assistir a um filme para fazer um trabalho e que vou chegar depois da meia-noite. Tudo certo.

– Ótimo, meu pai também deu ok. Davi, bota uma comédia aí na TV! Vamos esperar a hora e espantar a tensão nos divertindo.

SÃO BERNARDO

- **Área de origem:** Suíça
- **Função original:** carga, busca e resgate

Estima-se que o trabalho do são bernardo ao longo de três séculos salvou cerca de 2 mil pessoas na neve. Tem um faro poderoso e ouvidos capazes de prever tempestades e avalanches.

22. A CRUZ E O FURGÃO

À meia-noite, saíram pé ante pé, para não acordar dona Anita. Ninguém dizia, mas todos sentiam um misto de medo e ansiedade. Na rua, nenhum movimento. Na casa da dona Verônica, luzes apagadas. O lote murado ficava em frente à casa do doutor Altamiro. Enquanto pulava o muro, Davi comentou:

– Ainda bem que o Brutus morreu, senão ia latir pra caramba pra gente!

E diante do olhar de reprovação do restante do grupo, tentou consertar:

– Ih, gente, tô brincando!

Todos pularam, sem grandes dificuldades. O último, Rafa, içou a bike pela corda e a desceu com cuidado do outro lado. Estavam dentro do lote.

O mato alto dificultava o deslocamento dos meninos. Andaram devagar, com cuidado para não fazer barulho nem tropeçar em nada. Quando atingiram o muro que fazia divisa com a casa de dona Verônica, prepararam o que Davi chamou de "periscópio moderno": a minicâmera presa no pau de selfie, transmitindo as imagens via *bluetooth* para o celular. Assim, eles poderiam ir movimentando o equipamento sobre o muro, usando o celular em mãos para monitorar as imagens produzidas. Com grande expectativa, ergueram a minicâmera para, enfim, conhecer o misterioso quintal.

O equipamento era girado devagar, da direita para a esquerda. Viram um tanque, um varal e um carrinho de mão. Ao seu lado, a tal casinha da cadela. Detiveram-se nela e aproximaram a imagem, procurando algo diferente. Mas parecia uma casinha comum, inabitada, tendo à frente vasilhas vazias de ração e água.

– Ué, não tem nada demais – disse Davi.

A varredura da câmera prosseguiu, chegando ao fundo do quintal, onde se via uma horta. E ao lado da horta...

– Dá um zoom ali, Rafa! – pediu Marina.

Ele fez como ela pediu e todos viram: uma pequena e delicada cruz branca estava espetada na terra, em um trecho em que era perceptível uma pequena elevação. Como se fosse...

– O túmulo da Zara! – falou Laura, com uma excitação tão grande que os outros três fizeram "shhhh" ao mesmo tempo.

Detiveram-se ali para ter certeza. Davi deslocou-se para o fundo do lote, a fim de verem de outro ângulo. Ao pé da cruz branca, identificaram uma roupinha de cachorro. Não havia dúvida: Zara não tinha sido jogada no rio – estava enterrada ali. Seria essa a razão pela qual dona Verônica não queria que eles entrassem no quintal?

Com a minicâmera recolhida e desligada, certificaram-se de que as imagens estavam gravadas no celular e começaram ali mesmo, aos cochichos, a discutir a descoberta.

– Por que ela disse que jogou o corpo da Zara no rio? – perguntou Rafa.

– Seja como for, ela não quer que ninguém saiba que a cadela está enterrada aqui – disse Marina.

– Deve ter alguma coisa a ver com a maneira como a Zara morreu!

– Claro, Davi! – falou Laura. – Mas pra descobrir, só desenterrando a cadela!

– Mas a gente não tem como fazer isso... Tem? – Marina olhou para os outros, receosa. – Alguém aí tá pensando em invadir a casa e roubar o cadáver da cadela?!

– Claro que não! – acalmou-a Rafa. – Acho que a gente chegou num ponto em que é preciso acionar a polícia... Amanhã a gente fala com o detetive Nalbernard.

Com todos de acordo, o grupo começou a se dirigir para a frente do lote, com o objetivo de pular o muro de volta. Rafa foi o primeiro, pisando no selim da bicicleta para alcançar o alto do muro. Ali sentado, enquanto ajudava Laura a subir, comentou:

– Meninos, acho que amanhã vocês poderão procurar o doutor Altamiro para entrevistá-lo. Ao que tudo indica, ele retornou de viagem.

Laura, chegando até a borda do muro, viu as luzes acesas na casa do pediatra e um carro parado em frente, e estranhou:

– Curioso, porque eles não têm um furgão... O carro da família é um sedan de luxo – e intuitivamente, como estava com o celular na mão, fotografou.

Rafa pulou para o chão. Estava de frente para o muro, ajudando Laura a descer com cuidado, quando sentiu um cano em sua nuca e ouviu uma voz masculina:

– Não corra nem grite, que isso aqui é uma arma. Menina, pule logo. Vocês dois vão com a gente.

A menina obedeceu e os dois foram empurrados em direção ao furgão, que estava com as portas traseiras abertas. Antes de colocá-los para dentro, o homem confirmou com seu comparsa:

– Tem certeza de que eles viram a gente?

– Sim – respondeu o homem que estava dentro do carro. – A menina até tirou uma foto, eu vi a luz do *flash*.

Com os dois meninos presos atrás, arrancaram.

PUG

- **Área de origem:** China
- **Função original:** cão de colo

Josephine, a esposa de Napoleão, usou seu pug para levar para o marido mensagens secretas, escondidas sob a coleira, enquanto estava preso. No filme *Homens de preto* (1997), um alienígena se disfarça de pug.

23. Pedala, Davi!

Dentro do lote, Davi e Marina escutaram tudo em silêncio, mas com o coração disparado. Assim que o carro saiu, Davi orientou enquanto escalava o muro:
– Marina, liga pra Polícia Militar agora! Diga que bandidos sequestraram dois adolescentes e devem passar pela rua do Sumidouro em direção à BR! – e pulou para a rua, puxando junto a bicicleta.

Davi nunca pedalara tão rápido. Descendo a Jabuticabeira à direita, virou de novo à direita na Cajueiro, que terminava no rio. Seu palpite é que os caras que tinham sequestrado Rafa e Laura iriam passar pela única ponte do bairro, que ficava mais à frente do rio, e virariam à direita na rua do Sumidouro, que margeava o rio do outro lado, para pegar a estrada que levava à capital. Seria a rota de fuga mais óbvia, considerando a localização do bairro.

Na beira do canal de esgoto, Davi pôs a bicicleta nas costas e começou a atravessar para o outro lado andando por uma viga de meio metro de largura. Já tinha visto gente grande atravessando ali, mas sempre achava que nunca teria coragem. Pois agora, movido pela adrenalina provocada pelo sequestro dos amigos, o menino espantou o medo e percorreu a viga o mais rápido que podia, equilibrando-se com a bike às costas. Não pensava em nada, a não ser em ajudar a salvar os parceiros naquela aventura que talvez tivesse ido longe demais. Mentalmente, torcia para que o excesso de redutores de velocidade do bairro, tão criticado por todos, ajudasse a retardar a fuga dos bandidos.

Quando chegou ao outro lado, sorriu ao confirmar que seu palpite quanto à rota deles estava certo: o furgão se aproximava rapidamente pela esquerda. Foi o tempo exato de o menino montar na bicicleta, pedalar dez metros, simular uma derrapada e cair no meio da pista.

O furgão freou quase em cima do garoto, que estava contorcendo-se de dor, fingindo ter se machucado. Sem poder passar na via estreita bloqueada pela bicicleta e por Davi, o motorista do furgão buzinou nervosamente e xingou. Mas não adiantou, já que o menino permanecia gritando no chão. O homem no banco do passageiro desceu falando nervosamente:

– Não ouviu a buzina, jovem? Precisamos passar!

– Não consigo – gemeu o garoto. – Acho que quebrei a perna!

– Eu te ajudo – falou o sujeito. Depois de arrastar a bicicleta para um canto, o homem pôs as mãos sob as axilas de Davi, para tentar levantá-lo. O menino gritou de novo:

– Aaaaaaiiii! Aí também dói!

No carro, o motorista buzinava e acelerava sem sair do lugar, tentando apressar o menino. Davi mantinha o personagem como possível – a cada vez que o outro homem tentava pegá-lo no colo, ele gemia de dor:

– Não, por favor, tá doendo muito, aaaaiii! Chama uma ambulância!

O teatro deu certo. Quando o sequestrador ameaçava perder a paciência e arrastar o menino pelos braços, o som de uma sirene se aproximando o assustou. O homem saiu correndo pela mata densa que margeava o rio, acompanhado pelo motorista. O carro de polícia parou logo atrás do furgão, no meio da rua. Enquanto os policiais tentavam alcançá-los a pé, Davi pegou a chave na ignição do furgão e destrancou o compartimento de cargas. Lá dentro, de olhos arregalados, estavam Rafael e Laura ladeados por equipamentos eletrônicos e joias surrupiadas da residência de Altamiro.

Outros carros da PM chegaram em seguida. Davi explicou que seus amigos tinham sido sequestrados por terem presenciado um furto, ocultando, por via das dúvidas, a informação de que tinham invadido um lote. Consultando os dados da polícia, um cabo constatou que o furgão era roubado.

Minutos depois, os policiais que tinham saído no encalço dos bandidos retornaram sem conseguir pegá-los.

– O importante neste momento – afirmou o sargento Ferreira, já conhecido dos meninos – é que ninguém se feriu e os bens roubados foram recuperados. Vocês podiam ter morrido, sabiam? – disse para os dois resgatados do furgão. – Essa bandidagem não anda facilitando, não!

Uma das viaturas levou-os até a casa do Davi e da Laura, onde uma assustada dona Anita recebeu os policiais.

– Sequestrados?! Achei que estavam todos dormindo!

Com todas as explicações dadas, os policiais dirigiram-se à casa de Rafael para deixá-lo lá. No caminho, uma boa notícia chegou pelo celular do garoto: Marina informava que tinha conseguido sair do lote e já estava em casa, sã e salva.

COCKER SPANIEL INGLÊS

- **Área de origem:** Inglaterra
- **Função original:** espantar e capturar aves

A Dama, do clássico *A Dama e o Vagabundo* (1955), é uma cocker spaniel. A raça conquistou o coração de muitos famosos, como George Clooney, Elton John, Oprah Winfrey e o casal David e Victoria Beckham.

24. A HÉRCULES DÁ UM TEMPO

A notícia do furto seguido de sequestro espalhou-se rapidamente pelo bairro e pela cidade na manhã de sábado. Em casa, Rafa assumiu para os pais que eles estavam na rua por causa da história dos assassinatos dos cães. Mas, como combinado por mensagem com os outros, manteve em segredo a parte da invasão do lote. Flávio elogiou a coragem do filho e a disposição para investigar, mas pediu que não fizessem mais loucuras para desvendar o mistério. "Isso é trabalho da polícia", argumentou.

A pedido da polícia, os meninos participaram, na delegacia da cidade, de uma entrevista coletiva para os jornais, rádios, portais e uma emissora de TV local. Marina, oficialmente não envolvida na confusão, esteve lá, mas apenas fazendo parte da plateia.

– É verdade que vocês estavam investigando o caso das mortes dos cães quando foram sequestrados pelos ladrões? – perguntou o repórter do jornal *Fatos do Dia*.

– Sim – admitiu Rafa com uma pontinha de orgulho.

– O que vocês faziam, exatamente?

– Estávamos circulando pelo bairro, tentando flagrar algum movimento suspeito, e aí encontramos com os caras saindo da casa do doutor Altamiro.

– Por que eles pegaram vocês?

– Por causa disso – falou Laura, mostrando o celular. – Quando fiz a foto, não vi que tinha alguém dentro do furgão.

Os jornalistas examinaram um a um a imagem feita pela menina, com a silhueta de um homem e a placa do carro. Segundo a delegada Virgínia, a foto, juntamente com os retratos falados feitos pelos meninos, poderia ajudar a identificar os bandidos.

– São vocês que estão por trás da página "Extermínio de cães no Pomar", no Facebook? – questionou o apresentador do programa policial da *Aurora FM*.

– Sim – respondeu Rafa.

– E vocês vão continuar investigando depois desse susto?

– Não, paramos por aqui – disse o menino, coerente com a promessa feita ao pai de abandonar o caso. Mas em seu íntimo, ele acreditava que a repercussão da história poderia aumentar os acessos à página e, consequentemente, a ajuda da população para desvendar os crimes. Foi essa, de fato, a razão para assumirem a propriedade da página, aproveitando a ocasião para divulgá-la. Acompanhando a entrevista, o detetive Nalbernard, em um canto da delegacia, sentiu pouca convicção na resposta negativa de Rafael e sorriu.

– Você foi muito corajoso, rapaz – disse a jornalista da TV dirigindo-se a Davi. – O que pensou quando se jogou na frente do carro dos sequestradores?

– Bom – pigarreou o menino –, me chamam de Ninja na escola!

Os presentes riram. A jornalista agora perguntava para a delegada Virgínia:

– A senhora acredita que os ladrões foragidos podem ter alguma relação com as mortes dos cães?

– É possível. Eles foram exatamente a uma das casas que perderam seu cão de guarda. Pode ser coincidência, mas também pode ter sido uma estratégia de furto. Os outros moradores que tiveram seus cães envenenados devem ficar atentos.

À saída da entrevista, Rafa conseguiu se aproximar discretamente de Nalbernard e perguntar:

– Você também acha que os ladrões podem ser os responsáveis pelo cachorricídio?

– É possível. A ordem agora é capturá-los.

* * *

À noite, o grupo se encontrou na casa dos dois irmãos para discutir reservadamente a continuidade das investigações. Dona Anita não estava presente: tinha ido a uma reunião extraordinária da associação de moradores à qual os meninos não quiseram comparecer, cansados com o assédio já enfrentado durante o dia.

Por unanimidade, os quatro decidiram dar um tempo na Equipe Hércules. Por causa dos pais, que estavam preocupados; por eles mesmos, ainda assustados; e pela possibilidade de envolvimento dos ladrões.

Por via das dúvidas, deram mais uma vasculhada na internet. Na página do Facebook, só mensagens de apoio e solidariedade, sem nenhuma informação nova. Por e-mail, apenas uma resposta à pergunta sobre como comprar chumbinho na cidade. "Vejam com gente que trabalha em canis municipais, sempre tem alguém que se estressa com os latidos dos cachorros e acaba dando um jeito de reduzir a população", sugeriu alguém. A dica, meio vaga, não fez nenhum deles mudar de opinião quanto à interrupção dos trabalhos investigativos.

Quando Rafa e Marina preparavam-se para ir embora, dona Anita chegou contando sobre a reunião recém-encerrada. Disse que as pessoas estavam alarmadas, com muito medo. Os fatos recentes, referentes aos cães, aos ladrões e ao sequestro, colocaram em discussão novamente a proposta das câmeras de segurança por todo o bairro. Dessa vez, a maioria dos presentes aprovou, de modo que a instalação dos equipamentos iria começar na semana seguinte.

– Tomara que ajude a reduzir todas as formas de violência no bairro – comentou ela.

– Tomara – concordaram os jovens.

HUSKY SIBERIANO

- **Área de origem:** Rússia (Sibéria)
- **Função original:** puxar trenós

  Os cães siberianos tiveram uma notável atuação durante a Segunda Guerra Mundial, trabalhando na busca e salvamento de soldados do Exército norte-americano.

25. UMA NOTÍCIA BOA, OUTRA RUIM

Dez dias após a decisão do grupo, uma terça-feira, o clima era de alívio no Pomar. Não havia registro de novos furtos ou mortes de cães. Nas conversas pelo bairro, o assunto ia caindo no esquecimento. Quando falavam a respeito do caso, os quatro adolescentes tinham um sentimento misto: por um lado, frustração por não terem descoberto o mistério; por outro, alívio pelo fim da tensão vivida nas semanas anteriores. Pelas ruas do bairro, técnicos circulavam instalando as câmeras, que davam maior sensação de segurança à população. Eram equipamentos caros e modernos, coisa de primeira linha, como dizia o folheto distribuído nas casas: "com gravação em alta resolução e zoom poderoso". Por tudo isso, Davi, Rafa e Marina se surpreenderam quando, na saída do colégio, deram de cara com o detetive Nalbernard.

– Tenho uma notícia boa e uma ruim – disse ele. – A boa é que a Polícia Militar pegou os ladrões que sequestraram vocês.

– Ótimo! E a ruim? – perguntou Davi, ansioso.

– Eles não têm nenhuma relação com os assassinatos dos cachorros.

– Como é que você sabe? Eles negaram?

– Mais que isso... Os dois têm um álibi muito forte: tinham fugido da cadeia três dias antes, depois de passarem os últimos seis meses presos. A delegada confirmou.

– Mas como é que se explica eles terem assaltado exatamente a casa do cachorro Brutus? – questionou Marina. – Coincidência?

– Não, eles confessaram que planejaram tudo na cadeia... E que souberam que a casa estava sem cachorro por uma página no Facebook. Vocês divulgaram os endereços das vítimas, né?

– Ma-mas... – Rafa gaguejou, constrangido por mais um erro do grupo na gestão das informações na rede social. – Como é que eles conseguiram acessar a internet na cadeia?!?

O detetive riu e fez uma breve explanação sobre equipamentos de bloqueio de sinal obsoletos, falta de pessoal e corrupção nas delegacias do Brasil. Ao final, perguntou:

– Vocês estão mesmo fora do caso? Porque, com essa prisão dos ladrões, a gente volta à estaca zero.

– Não exatamente zero, detetive – sorriu Rafa, e contou sobre a descoberta no quintal da dona Verônica, na noite do furto e do sequestro.

– Isso é muito interessante! Se o corpo da cadela realmente estiver no quintal, a mentira dessa senhora pode indicar algo mais! Se me dão licença, vou avançar nisso.

– O que o senhor vai fazer? – perguntou Marina.

– Pedir para a delegada doutora Virgínia conseguir um mandado de busca e apreensão no quintal da dona Verônica. Vamos literalmente desenterrar o caso da morte da poodle!

Nalbernard andou cinco passos e se voltou para os meninos.

– Vocês ainda não me responderam... Estão dentro?

Os três se entreolharam, comunicando-se com os olhos, e responderam praticamente juntos:
– Estamos!

PINSCHER MINIATURA

- **Área de origem:** Alemanha
- **Função original:** caçador de pequenos parasitas

  Possui personalidade forte e determinada. É "elétrico", costuma latir muito e tem um grande senso de proteção. Ama crianças.

26. Fabrício

Na tarde seguinte, a Polícia Civil bateu à porta da dona Verônica com uma autorização judicial. Avisados pelo detetive, Davi, Rafael e Marina foram acompanhar os trabalhos, mas preferiram não entrar – estavam um pouco sem graça com a dona da casa, afinal tinham sido eles que descobriram o túmulo improvisado no quintal. Optaram por aguardar do lado de fora, cheios de expectativa. De lá, observavam a movimentação dos policiais e escutavam o que parecia ser dona Verônica chorando. Alguns vizinhos também pararam para ver o que estava acontecendo. Um sujeito com roupa de caminhada que tinha passado apressado, olhando com curiosidade, deu meia-volta ao chegar à esquina seguinte e foi em direção aos meninos. Era Fabrício.

– Vocês são os garotos que estão investigando o lance dos cães, certo?

– Sim, estávamos... Quer dizer, estamos – disse Rafa, reconhecendo-o.

– O que está havendo aí?

– Parece que a cadela da dona Verônica foi enterrada no quintal, a polícia está averiguando.

O rapaz tomou um susto, olhou para os lados e abaixou o tom de voz.

– Posso conversar com vocês reservadamente?

Foram para a casa do Davi e sentaram-se na sala. Visivelmente nervoso, Fabrício respirou fundo e começou:

— Tenho me recusado a falar sobre esse assunto desde o início, mas fiquei sabendo que vocês quase morreram tentando descobrir o culpado. Parecia que tudo estava encerrado, mas vejo, pela movimentação na casa da vizinha, que a investigação foi retomada – e que vocês ainda estão envolvidos. Não é justo que continuem se arriscando sem saberem pelo menos parte dessa história confusa. Preciso contar umas coisas muito importantes que até agora ninguém sabe, nem minha esposa.

Os meninos se ajeitaram nas cadeiras, atentos. De cabeça baixa, aparentemente envergonhado, Fabrício continuou:

— Pois bem, vocês sabem que o nosso Hércules foi a primeira morte do bairro. Minha esposa, que o ganhou quando ainda era solteira, tinha verdadeira paixão por ele. Mas aí começaram a aparecer ratos lá em casa... e minha esposa tem pavor de ratos. Ela sugeriu que a gente tivesse um gato, mas eu fui contra. Achei que o Hércules ia matar o bicho ou fazê-lo fugir antes que tivesse tempo de se acostumar com ele. Minha esposa insistiu, nós discutimos, brigamos. Eu falei pra gente usar veneno pra matar rato, mas ela disse que o Hércules poderia comer acidentalmente e morrer. Eu concordei, falei que ia pensar em outra solução, mas, no meu íntimo, achei que era paranoia dela. Se o veneno fosse colocado nos lugares certos, longe do alcance do cachorro, não haveria problema. Comprei o produto, sem que ela soubesse. Só que...

— Só que o Hércules comeu e morreu – concluiu Rafa.

— Exatamente. Minha esposa ficou possessa comigo, pois deduziu, acertadamente, que eu tinha usado o veneno. Mas eu neguei, jurei de pés juntos que não tinha feito nada. Fiquei com medo de que ela quisesse se separar de mim quando descobrisse que agi escondido. Afinal, eu a tinha enganado, e o resultado havia sido a morte do cachorro dela – Fabrício enxugou os olhos na camisa e deu uma fungada de choro. – Sustentei a versão de que devia ter sido algum vizinho incomodado com os latidos do Hércules, e me livrei da caixa de veneno. Mas ela ficou cismada comigo, me olhando torto. Eu sabia que ela não tinha acreditado em mim, e o clima entre nós estava péssimo.

– Imagino – comentou Marina.

– Aí a sorte sorriu pra mim – continuou Fabrício. – Pelo menos foi o que parecia. Eu fazia minha caminhada rotineira no sábado cedo, exatamente sete dias depois de o Hércules morrer, quando vi um animal atropelado aqui na rua. Reconheci na hora: era a poodle da dona Verônica, eu sempre a via por aí, acho que ela conseguia passar pela grade e saía para perseguir gatos. Já estava morta, talvez atingida por um desses malucos que dirigem bêbados de madrugada. Mas o acidente me deu uma ideia. Joguei a cadela no jardim da casa da dona Verônica, por cima da grade, e toquei a campainha. Falei que devia ter sido veneno, contei que meu cachorro tinha morrido da mesma forma. Isso me ajudaria em casa, pois faria minha esposa acreditar que havia alguém envenenando os cachorros. E ajudou mesmo – quando cheguei contando da morte da Zara, Eleonora até me pediu desculpas por duvidar de mim.

– Mas a dona Verônica não desconfiou de nada? – quis saber Davi.

– Não, ela ficou tão transtornada que nem conseguia pensar direito. Aceitou na hora minha hipótese de veneno e minha sugestão para jogar o corpo da cadela no rio o mais rápido possível.

– Uma sugestão que servia para que ninguém sugerisse fazer autópsia depois, certo?

– Exato, Rafael. Mas, pelo jeito, ela acabou enterrando a Zara escondido, né?

– E quanto às outras mortes?

– Pois é, sobre elas juro que não sei de nada. Confesso que "plantei" na cabeça da dona Penha a história de um matador de cães, porque imaginava que ela iria espalhar. Isso ia dar mais credibilidade pra minha versão. Mas quando morreu o terceiro cachorro, do seu Altamiro, tomei um susto. Alguém estava se aproveitando da situação para eliminar outro bicho, e fez questão de matar no mesmo dia da semana. Outras mortes se seguiram, e comecei a me sentir muito culpado. Mas não podia voltar atrás, afinal minha mulher iria descobrir tudo. Passei a torcer para que o matador não fosse encontrado, pois, ainda que confessasse as outras mortes, ele negaria as duas primeiras. Por isso não quis dar nenhuma informação para o detetive nem para vocês, quando quiseram me entrevistar para o jornal do colégio.

– Até meia hora atrás... – disse Marina.

– Sim, até meia hora atrás. Eu estava criando coragem para falar desde que vocês se meteram naquela confusão com os ladrões, porque ficou claro para mim que a coisa estava indo longe demais. Mas em seguida veio a suspeita de que os ladrões eram os culpados e as mortes pararam de acontecer. Sosseguei. Mas hoje, vendo que a investigação foi retomada e que iam descobrir sobre o atropelamento da cadela, senti que não dava mais para adiar. Desculpem, desculpem por tudo – Fabrício suspirou, ao finalizar seu relato, com um ar de quem tinha tirado um grande peso das costas.

– E quanto a sua esposa, Fabrício? – perguntou Marina com delicadeza.

– Vou contar tudo para ela assim que chegar em casa. Seja o que Deus quiser.

Fabrício despediu-se, com os meninos acompanhando-o até a porta. Se tivesse ficado um minuto a mais, teria esbarrado com o detetive Nalbernard, que chegou à procura dos adolescentes.

– Vocês sumiram, o que houve? Não vão acreditar... A poodle estava mesmo enterrada no quintal, e nem foi preciso fazer autópsia pra descobrir... As costelas da coitadinha estavam esmagadas! Ela não morreu com veneno, provavelmente foi atropelada!

– A gente já sabia – disse Rafa. – Entre e sente-se, detetive.

E contaram a ele tudo que tinham acabado de ouvir do dono do Hércules.

COLLIE

- **Área de origem:** Escócia
- **Função original:** pastor de ovelhas

É nativo das regiões montanhosas da Escócia. A raça já foi chamada collis, colley, coally e coaly, nomes que provavelmente derivam de *col* ou *coll*, a palavra anglo-saxônica para "preto".

27. O nome do cão

Aos três meninos, o detetive Nalbernard explicou o estranho comportamento da dona Verônica.

– Assim que a cadela foi desenterrada, ela confessou que mentiu ao dizer que jogou o corpo no rio. "Eu nunca teria coragem de abandonar assim minha Zara", disse ela. "Eu a queria perto de mim e também não suportava a possibilidade de mexerem no corpo dela para fazer autópsia."

– Então ela fingiu que aceitou a sugestão do Fabrício, apenas para que o corpo não fosse manipulado?

– Sim, Marina – confirmou Nalbernard. – E também para manter a cadela no seu túmulo caseiro. Como estava achando que tinha sido envenenamento, tinha medo de não permitirem que a cadela permanecesse enterrada ali, por risco de contaminação da terra. Mas depois de constatar o atropelamento nós reenterramos o corpo, para alívio da senhora. Coitada, tinha muito apego pelo bicho...

Rafa, Davi, Marina e o detetive prosseguiram tentando organizar as informações. Estava claro que as duas primeiras mortes tinham sido acidentais. A constatação ajudava a explicar duas coisas que não "batiam" na lógica dos assassinatos: o fato de a primeira morte ter sido a única na rua Mangueira, fora, portanto, dos limites da rua Jabuticabeira; e também o fato de a Zara não ser uma cadela de guarda, como todos os outros. O quebra-cabeças ia fazendo sentido no raciocínio do Nalbernard:

– Alguém se aproveitou da hipótese de um assassino em série e deu continuidade às mortes, com uma finalidade que ainda não sabemos qual é. Percebeu que as duas primeiras mortes foram no mesmo dia da semana e manteve esse padrão, que criaria um clima de terror no bairro. Como a Zara morava na Jabuticabeira, continuou atuando na rua. E priorizou os cães de guarda, também por um motivo que não sabemos. A única certeza que temos é que realmente se trata de alguém metódico, frio e calculista.

– O seu Marconi! – exclamou Rafa. – Lembram que suspeitamos dele por ser metódico?

– Sim, mas você mesmo descartou a suspeita porque ele tinha um álibi... – disse Marina.

– ... que agora não cola mais! Ele estava viajando justamente quando aconteceram as mortes acidentais!

– Faz sentido, Rafa – comentou Davi. Mas o último cachorro a morrer foi justamente o dele! Será que ele seria capaz de matar o próprio bicho?! Por que faria isso?!

– Para não desconfiarem dele, ué! O Remela estava doente, já tinha catorze anos, ele mesmo me disse.

– Mas não consigo acreditar que alguém faria isso com um animal de estimação da própria família, ainda mais estando com eles há tantos anos... – disse Davi. – A gente viu quando ele recebeu a notícia da morte do cachorro, ele ficou muito abalado.

– Também acho pouco provável – concordou Nalbernard –, apesar de não ser impossível. De todo modo, o fato de o Marconi ser metódico continua sendo um indício frágil, na minha opinião. Há outras pessoas assim por aí. Faltam provas mais contundentes, falta entender a motivação desses crimes...

– Outra hipótese é alguém querendo justamente incriminar o Marconi, agindo como imagina que ele agiria – raciocinou Davi. – Alguém que o conhece muito bem... Como não colou, porque o Marconi tinha um álibi forte, a pessoa terminou sua sequência matando exatamente o animal do seu inimigo.

Como ainda tinha tarefas na delegacia, o detetive despediu-se do grupo com a combinação de continuarem pensando em possibilidades. A sós com Davi e Marina, Rafa insistia em desconfiar do presidente da associação, mas reconhecia que a crueza de matar o próprio animal era difícil de acreditar.

Os três estavam atualizando as anotações da investigação quando Laura chegou da escola. A caçula do grupo ficou boquiaberta com os últimos acontecimentos e frustrada por não estar presente no "desenterramento" da Zara:

– O corpo em decomposição daria uma foto incrível!

Os outros não sabiam se elogiavam a coragem ou a morbidez da menina ao vibrar com um cadáver.

Quando ouviu sobre a desconfiança a respeito do senhor Marconi, Laura concordou com o irmão: seria improvável que o cão da família, tão querido, fosse assassinado pelo próprio dono.

– Lembram que sou amiga do filho dele no Facebook? Hoje mesmo ele postou uma foto do cachorro, falando que estava morrendo de saudade. Querem ver?

E abriu seu perfil na rede social. Lá estava a postagem de Sânzio Gonzaga: uma foto em que aparecia abraçado ao velho fila brasileiro.

– Ele é lindo, né?

– Tá falando do cachorro ou do garoto, Laura?

– Ih, Davi, é claro que é do cachorro! – respondeu a menina, ruborizada.

– Entra aí na linha do tempo dele – sugeriu Marina. – Vamos ver se tem alguma outra postagem que possa ajudar a gente. Quando foi mesmo que o cachorro morreu?

– Pelas anotações no arquivo, foi em 17 de junho, uma quarta-feira – disse Rafa.

Laura foi percorrendo as postagens do menino. Às 21 horas da data fatídica foi publicada uma mensagem sobre o ocorrido:

> Entrei em casa com minha mãe e encontrei a cena mais triste da minha vida: nosso Remela morto, envenenado. #revoltado #luto

Meia hora depois, outra postagem:

> Por que certas pessoas marcam tanto a nossa vida, mesmo sendo tão passageiras? (Clarice Lispector) #luto

A frase intrigou Davi.

– Será que ele está falando do cachorro? Porque ele disse "pessoas"...

– Não foi ele que falou, foi a Clarice Lispector... – apontou Marina.

– Provavelmente, nem a Clarice – ironizou Rafa, referindo-se aos textos falsamente atribuídos à escritora. – Mas se é do cachorro que ele falava, é estranho chamar de "passageira" uma vida inteira juntos!

– A não ser que esteja falando do tempo em que o cachorro ficou com eles na casa. Segundo o seu Marconi, ele tinha vivido o tempo todo na fazenda da família, não foi, Rafa?

– Sim, Davi, foi o que ele me disse...

– Espera aí, gente! – falou Marina de repente. – O que vocês acham de dar o nome de "Remela" para um cachorro?

– Eu acho... engraçado – disse Davi.

– É mais do que isso... – prosseguiu Marina. – É estranho.

– Não vejo nada demais – disse Rafa. – Eu vi o cachorro, ele tinha catarata... Os olhos dele pareciam mesmo que estavam cheios de remela.

– Por isso mesmo! Catarata é uma doença que aparece na velhice, certo? A gente aprendeu sobre doenças dos olhos na escola.

– Certo – concordou Rafa.

– Então, por que alguém daria um nome desses... a um filhote?

– Marina, você está insinuando que...

– ... que o cachorro veio para a família já velho... talvez pouco antes de morrer... e por isso ganhou o nome de Remela. Aí a sua suspeita faz sentido, Rafa: o Marconi matou o cachorro porque não tinha nenhum vínculo sentimental com ele! Só adquiriu o animal pra poder matá-lo e afastar qualquer suspeita sobre ele.

– Tem lógica, Branca! – falou Rafael, excitado. – Temos que tentar confirmar essa história urgentemente!

– Posso mandar uma mensagem pro Sânzio perguntando – ofereceu-se Laura.

– Melhor não, mana – disse Davi. – Se for verdade, ele pode ter sido orientado pelo pai a mentir... e ainda vai falar para ele que a gente perguntou.

– Sem dúvida – concordou Rafa. – Temos que descobrir de outra forma... Digam pra mim: se vocês precisassem conseguir um cachorro idoso, onde iriam?

– No canil municipal, ora! – respondeu Laura, lembrando-se da excursão escolar que tinha feito e da quantidade de cães velhinhos que viu por lá.

– Boa, garota! Então a gente vai lá amanhã à tarde.

– E eu vou ficar de fora dessa de novo, por causa de aula? – reclamou Laura.

– Sim, alguém na família precisa estudar! – riu Davi. – Mas você ainda pode ser útil: imprime a foto do Sânzio com o cachorro, vamos precisar dela no canil.

CHIHUAHUA

- **Área de origem:** México
- **Função original:** cerimonial

É uma das raças campeãs em número de colorações de pelagem – são mais de 40 cores oficiais. A raça atuou nos filmes *Legalmente loira* (2001) e *Perdido para cachorro* (2008).

28. No canil municipal

Às três da tarde do dia seguinte, os meninos se encontraram de bicicleta na avenida principal do bairro Tiradentes, no extremo oposto da cidade. Pararam um quarteirão antes do canil municipal para conversar.

– Minha mãe ficou preocupada com a gente, falou para não nos metermos em novas confusões... – disse Davi.

– Mas como ela soube? – indagou Marina.

– Ela nos ouviu conversando ontem por trás da porta, acho que também tá desenvolvendo técnicas de espionagem... Mas eu jurei que a gente ia ter cuidado e que não ia demorar.

– Então vamos logo, não podemos perder tempo – coordenou Rafael.

O canil ficava num terreno grande, de mil metros quadrados, cercado por um alambrado de fora a fora. Dentro, diversas repartições para comportar animais abandonados ou perdidos pela cidade e redondezas. Ao fundo, havia o que parecia ser um escritório e banheiros. Foram recebidos por uma simpática moça:

– Meu nome é Lorena, como posso ajudá-los? Vieram adotar um cãozinho?

Como combinado, os três disseram que sim – era preciso ganhar a confiança da funcionária antes de mostrar a foto do Remela. Circulando pelo lugar, viram uma quantidade enorme de cães e gatos, de vários tamanhos, tipos e idades. Animais de raça e vira-latas encantadores, à espera de um lar e de uma família acolhedora.

– São todos lindos, né? – derretia-se Lorena. – O mais difícil é escolher um!

– É verdade – concordou Marina afagando um filhote de vira-lata preto.

– Não dá para entender como tem gente que abandona esses anjinhos! Pior: tem gente matando! – comentou a funcionária indignada. – Vocês viram aquela história do bairro Pomar?

– Claro – disse a menina –, a gente mora lá.

Um homem obeso, usando boné e óculos de lentes grossas que indicavam um alto grau de miopia, vinha chegando.

– Este é o chefe do canil, meninos – disse Lorena apontando para o sujeito. – Seu Dimas, eles moram no Pomar e querem adotar um cachorro!

– Que ótimo, parabéns pela iniciativa – comentou o chefe cumprimentando-os. Rafa teve a sensação de que o sujeito prestou muita atenção nele e no Davi. – Se precisarem de mim, estarei no escritório. A Lorena vai atendê-los muito bem!

Depois de conhecerem todos os bichos e ouvirem da moça orientações sobre vacinação, tosa e outros cuidados, era hora de falar do Remela.

– Lorena – disse Rafa tirando um papel do bolso –, esse cachorro era daqui?

A moça olhou a foto com atenção e quase deu um pulo para trás.

– Claro! É o Viriato! Ficou aqui muitos anos... É ele mesmo, essa mancha na testa é inconfundível! Mas sumiu de um dia pro outro, ninguém entendeu... Onde vocês conseguiram essa foto?

– É de um amigo nosso... Mas como assim "sumiu"? Ele não foi adotado?

– Pois é, foi bem estranho, porque toda adoção é registrada, o adotante tem de fazer um cadastro, a gente realiza visitas periódicas para saber se está tudo bem com o animal... Mas no caso do Viriato não teve nenhum registro, ele simplesmente desapareceu há pouco mais de um mês! Aqui atualmente somos só eu e o Dimas, e é ele que faz o cadastro. Mas nenhum de nós viu nada... Não entendo alguém querer furtar um fila velho e doente... Mas por que vocês querem saber?

Marina apressou-se em responder como combinado:

– É que a gente tem preferência por um parecido com ele... É tão lindo, né?

– Ah, mas existem outros tão fofos quanto ele! Qual vocês vão querer?

– Vamos discutir sobre isso agora entre nós – informou Rafa.

– Claro, fiquem à vontade! Quando decidirem me chamem, agora preciso dar comida pros gatos.

Quando a moça não estava mais por perto, Rafael disse baixinho:

– Pessoal, temos que agir rápido. É o seguinte: se o fila saiu daqui sem registro, é porque quem o levou não queria deixar rastros. E se não foi a Lorena que participou disso, só pode ter sido o chefe dela.

– Mas quem garante que não é ela que está mentindo? – questionou Davi.

– Dois motivos. Um: ela me pareceu bem sincera ao falar do cachorro. Dois: o tal do Dimas olhou pra gente de uma forma muito estranha.

– Estranha como?

– Sei lá, tive a impressão de que ele reconheceu a gente... Talvez da televisão, quando rolou o lance do sequestro.

– Então qual é o plano? Vamos conversar com ele?

– Não, ele não vai contar nada pra gente... Temos que sair daqui com alguma prova!

– Que tipo de prova?

– O computador dele! Se ele não for um cara do tipo esperto, e eu acho que não é, vai haver provas por lá.

– Mas como a gente vai pegar o computador na cara dele?!

– Shhhhh, fala baixo, Marina! Não vamos pegar agora. Nós vamos entrar no escritório dele para mapear o terreno e facilitar nossa volta de madrugada.

– De madrugada? Como? – questionou a menina.

– Vocês notaram que na lateral do escritório tem uma janela que dá direto para a calçada? Ela está fechada, por causa do frio. Enquanto vocês distraem esse Dimas, eu paro em frente à janela e a destravo discretamente, sem abrir. Daí é só voltar de madrugada.

– E qual vai ser o pretexto pra gente agora entrar no escritório? – perguntou Davi.

– Eu sei! – disse Marina, virando-se para a funcionária que vinha voltando. – Lorena, nós vamos ficar com esse marronzinho que não para de pular!

Vira-lata

Também conhecido pela sigla SRD (sem raça definida), o vira-lata não tem padrão nem origem conhecida. Está presente em cerca de 41% dos lares do Brasil. Tem um olfato muito apurado e costuma ser bem resistente a doenças.

29. CORRAM!

No caminho até o escritório, guiados pela Lorena, Davi e Rafael entenderam a sacada da amiga: o cadastro para adoção era trabalho exclusivo do Dimas, o pretexto ideal para entrarem na salinha.

— Sentem-se, por favor – falou o homem, sem tirar os olhos do celular. – Antes de atendê-los, preciso resolver umas pendências e responder uns e-mails.

O escritório era pequeno e bagunçado, com pastas soltas, papéis, clipes e canetas por todo lado. "O Marconi, tão metódico, ia morrer de aflição aqui", pensou Marina. Dimas estava numa mesa no centro da sala, sentado de frente para a entrada. À sua esquerda, a escultura de um dachshund de bronze, de 15 centímetros de altura, servia como peso de papel. À direita ficava a janela que se abria para a calçada, como tinha observado Rafael.

Os três meninos se sentaram e pegaram seus celulares praticamente ao mesmo tempo. Uma conversa teve início no grupo "Equipe Hércules" do WhatsApp:

> Rafael: "Seguinte: tem uma câmera aqui, vocês viram? Bem atrás do cara".
>
> Davi: "Que droga, hein? Complicou".
>
> Marina: "Você vai destravar a janela assim mesmo?"
>
> Rafael: "Vamos pensar".

Quando o senhor Dimas afinal atendeu os meninos, Rafa tinha acabado de notar que a câmera do escritório era do mesmo modelo das que estavam sendo instaladas no Pomar.

– Então vocês desejam adotar um cão? Parabéns, são bichos adoráveis! Vou mostrar como funciona o sistema... – e iniciou uma detalhada explicação sobre os compromissos assumidos por quem adota um animal de estimação.

Enquanto ele falava, Rafa digitou:

A câmera, em vez de inimiga, vai virar amiga. Quando eu gritar "corram", saiam correndo do canil!

Dimas finalizava sua fala:

– ... mas para assinar a adoção tem que ser maior de idade, um de vocês vai ter que trazer os pais aqui.

– Ok, senhor. Agora uma pergunta – Rafa sentou-se bem em frente ao homem, olhando nos olhos dele. – O senhor sabe que o fila desaparecido estava com o senhor Marconi, não sabe?

Dimas tomou um susto mas disfarçou bem, procurando manter a calma.

– Não conheço nenhum senhor Marconi.

– Então o senhor não sabe quem é o presidente da Associação dos Moradores do Pomar?

– Estou sabendo agora, por você. Diga, jovem – interrompeu a fala, enquanto digitava uma palavra no computador e clicava "enter" –, tem certeza de que o nosso Viriato está com essa pessoa?

Rafa não tirava os olhos do homem, atento a todas as reações dele. E enquanto respondia: "Sim, eu tenho até uma foto do cachorro", enxergou uma ação no computador refletida na grossa lente dos óculos do sujeito. Sorriu.

– Pode me mostrar essa foto? – disse Dimas com um artificial interesse.

Rafael enfiou a mão no bolso, jogou o papel no colo do sujeito e, em um movimento rápido, pegou a escultura de bronze sobre a mesa, passando como um foguete pela porta e gritando para os parceiros:

– Corram!

Era o sinal combinado. Davi e Marina saíram em disparada logo atrás. O homem ameaçou tentar alcançá-los, mas a diferença de preparo físico, incluindo as dimensões das barrigas, era absurda. Parou vinte metros adiante, com a mão na cintura, indignado. A correria dos meninos provocou uma onda de latidos no canil. Foi então que Dimas notou: estava ao lado dos compartimentos onde ficavam os cães mais bravos do local. Possesso de raiva, abriu rapidamente uma a uma as portinholas de três "celas" e gritou para os animais recém-libertados:

– Pega!

Três cachorros grandes – dois pastores alemães e um dobermann – partiram em direção aos meninos, que ainda estavam dentro do canil. Sem olhar para trás, Rafa gritou com pânico na voz:

– COOORRE, GENTE!

O rosto de Marina transparecia um medo extremo, nunca sentido na vida, e Davi pensou na ironia que seria se eles fossem atacados pelos bichos que tentavam proteger. Os latidos se aproximavam, cheios de brutalidade. Os meninos já suavam, reflexo da correria e do terror. O portão principal parecia não chegar nunca. Quando Rafael, que estava à frente, finalmente alcançou a saída e passou para o lado de fora, os cães estavam a cinco metros dos calcanhares da menina. Nesse momento, no auge da adrenalina, Rafa foi tomado por uma lembrança valiosa – uma dica dada anos antes pelo seu pai. Abaixou-se rapidamente, fingiu apanhar uma pedra no chão e ameaçou jogar nos cães, gritando:

– SAAAAIII!

Os três animais pararam de correr bruscamente, assustados com o movimento – mas, um segundo depois, como não houve pedrada alguma, retomaram a braveza e a perseguição. Foi o tempo suficiente para que Marina e Davi ultrapassassem o portão, fechado por Rafa em seguida. Do lado de dentro da grade, o dobermann e os pastores arreganhavam os dentes e até espumavam de tanto latir.

– Peguem as bikes – ordenou Rafa bufando –, vamos sair daqui!

Ainda tremendo de medo, os três pedalaram até a esquina de baixo. Assim que a dobraram, saindo do raio de visão do canil, Rafael disse que já podiam parar. Os três ficaram por um minuto sem falar nada, apenas se entreolhando, recuperando o fôlego, ofegantes e assustados. Foi quando Davi notou:

– Cara, cadê a escultura que você roubou?

– Joguei de lado assim que saí do escritório, para poder correr melhor! Ela não interessa, peguei só para ter um pretexto para fugir!

Diante da cara dos amigos de "não estamos entendendo nada", ele prosseguiu:

– Já já explico minha ideia, mas primeiro tenho que ligar pro detetive Nalbernard. Ele precisa vir para cá urgentemente.

– Não vai ser preciso, Rafa – disse a menina. – Ele está logo atrás de você.

DACHSHUND

- **Área de origem:** Alemanha
- **Função original:** controle de texugos

O primeiro mascote oficial de uma Olimpíada foi Waldi, um dachshund, nos Jogos Olímpicos de 1972, em Munique, na Alemanha. Também é conhecido como salsicha, dackel e teckel.

30. A câmera

— Como chegou tão depressa, detetive? – disse Rafael abrindo um sorriso.
— Digamos que uma certa mãe me ligou contando o plano do dia... Dona Anita estava preocupada, então fiquei observando vocês de longe. O que aconteceu no canil?

— Um roubo, não viu? Três adolescentes atrevidos pegaram uma valiosa estatueta! – respondeu o garoto, rindo. – Nesse momento, o chefe Dimas deve estar ligando para a Polícia Militar, e a gente tem que sair daqui para fugir do flagrante.

— Afinal qual é o seu plano, rapaz? – perguntou Nalbernard, intrigado.

— Quero que o senhor entre lá junto com a PM, detetive! E que peça as imagens da câmera de segurança para identificar os meliantes. Atenção, detetive, as imagens são fundamentais para elucidar esse caso! – Rafa deu uma piscada para o investigador. Ele sorriu, parecendo entender o recado. O menino continuou a falar enquanto montava em sua bicicleta:

— A gente se encontra na Civil, detetive. Vamos, galera?

Dois policiais chegaram numa viatura, cinco minutos depois, entrando no canil acompanhados pelo detetive Nalbernard. "Curioso", pensou o senhor Dimas, "não sabia que a

Polícia Civil também participava de chamados para registrar ocorrências." Aos policiais, o encarregado do canil contou sobre o roubo e cedeu satisfeito ao investigador um pen drive com as cenas captadas pela câmera do escritório. "Esses moleques atrevidos têm que se ferrar", falou indignado.

* * *

Quando o detetive chegou ao prédio da Polícia Civil os meninos já o esperavam, ansiosos, ao lado das bikes.
– Está com as imagens? – perguntou Rafa.
– Estão na mão.
Na sala de vídeo, Nalbernard inseriu o pen drive no computador e localizou a cena em que Rafael surrupiava o cachorro de bronze. O menino orientou:
– Não é aí, é um pouco antes.
O detetive retrocedeu a imagem até o ponto em que os meninos chegavam ao escritório. O ângulo mostrava o tal Dimas de costas, visto de uma diagonal alta, com o computador à sua frente.
– Agora – disse Rafa –, aproxime a imagem do celular que está na mão dele. Vamos ver se esse equipamento realmente é coisa de primeira linha, com "gravação em alta resolução e zoom poderoso", como diz a propaganda.
O detetive aproximou a imagem. Com o *close* no celular, foi possível ver o homem enviando para alguém pelo WhatsApp uma foto dos jovens na sala, feita segundos antes, acompanhada de um breve texto. Não foi possível ler a mensagem, mas não havia dúvida: a foto do destinatário era do senhor Marconi.
– Agora desloque o zoom para o monitor do computador dele – pediu Rafa.
Então eles viram, provavelmente após o momento em que Rafael cita o presidente da associação pela primeira vez – a gravação não tinha áudio, mas dava para deduzir –, o

senhor Dimas digitar "Marconi" na ferramenta de busca do e-mail. Várias mensagens apareceram. Graças ao problema de vista do gerente do canil, que usava fontes grandes no computador, foi possível ler alguns títulos das conversas:

"Preciso de um cachorro velho"

"Chumbinho urgente"

"Esquema das câmeras aprovado $$$"

"Página no Facebook, tem que ficar de olho"

A imagem mostrou Dimas selecionando todas as mensagens encontradas e deletando-as.

– Foi essa cena que vi pelo reflexo dos óculos dele – contou o garoto. – Foi quando tive certeza de que ele estava envolvido.

– Parabéns, meninos. Vocês pegaram os caras! – falou Nalbernard. – Amanhã a gente já deve ter um mandado para averiguar o canil municipal e uma certa casa na rua Pitangueira.

* * *

Na tarde seguinte, uma sexta-feira, o senhor Marconi Gonzaga, morador da casa da rua Pitangueira, recebeu os policiais demonstrando tranquilidade. Afinal, uma ligação do amigo Dimas o tinha alertado sobre a possível visita dos homens da lei, sugerindo que deletasse e-mails comprometedores. Assim, quando o investigador Nalbernard apresentou um mandado de busca e apreensão no computador, Marconi não se abalou:

– Fique à vontade, detetive.

– O senhor poderia logar na sua conta de e-mail?

– Pois não – respondeu Marconi com um sorrisinho no canto da boca, digitando o login e a senha no computador.

Nalbernard sentou-se, mexeu por dois minutos no equipamento e informou ao homem:

– O senhor será intimado para prestar depoimento e indiciado por assassinar quatro cães neste bairro.

– Isso é um absurdo! Quais são as provas?

O detetive virou o monitor para o detido, mostrando os e-mails.

– Mas co-co-como? – gaguejou o sujeito, com ar de espanto. – Eu tinha excluído!

– Não, senhor Marconi... O senhor apenas enviou as mensagens para a lixeira do programa.

– Tem isso, é? Nunca soube... – reagiu envergonhado. – Eu não sou muito chegado em tecnologia...

Pastor Branco Suíço

- **Área de origem:** Canadá/Suíça
- **Função original:** guarda

É equilibrado e calmo, mas se a situação exige, fica alerta e impaciente. É muito dócil, inteligente e tem um elevado nível de compreensão das situações.

31. PINGOS NOS IS

Quatro dias depois, numa terça-feira de manhã, a delegada Virgínia tinha à sua frente o comerciante Marconi Gonzaga e o servidor público municipal Dimas Corgosinho, também intimado a depor. Na pequena sala, além de outros policiais, estava o investigador Nalbernard Osman. Em um canto, por uma autorização excepcional da delegada, assistiam a tudo quatro adolescentes de grande importância na solução do caso. Do lado de fora, jornalistas aguardavam para noticiar o resultado dos depoimentos.

Doutora Virgínia recapitulou as provas encontradas. Na conta de e-mail do senhor Marconi, além das mensagens trocadas com Dimas, havia uma intensa conversa com um fornecedor de sistemas de câmeras de segurança, que mencionava superfaturamento, comissões e propinas, e mensagens para políticos da região falando em filiação partidária e candidatura. No navegador de internet, a perícia encontrou registros de buscas do termo "veneno para cães". Nas imagens apreendidas produzidas pela câmera na entrada da casa do Marconi, havia cenas dele saindo e voltando de carro exatamente nas noites em que houve os envenenamentos. Uma busca no escritório do canil municipal encontrou um pacote de estricnina.

– Como se vê, são várias provas, e ainda vamos periciar as mensagens trocadas pelos celulares, as ligações telefônicas e as movimentações bancárias. Nós já entendemos quase tudo, senhor Marconi... O senhor gostaria de colaborar com a gente explicando o resto?

Diante das evidências, e provavelmente orientado pelo advogado que o acompanhava, Marconi admitiu a culpa e deu detalhes do seu plano.

– As duas primeiras mortes não foram causadas por mim – começou o sujeito. – Mas quando cheguei de viagem e havia o boato de um matador de cachorros, achei que tinha caído do céu uma solução para um problema recente. Eu tinha feito um acordo com uma empresa fornecedora de sistema de segurança baseado em câmeras. Precisava convencer os moradores a adquirirem o sistema, e a empresa me passaria "por fora" uma porcentagem do valor de instalação e manutenção mensal. Mas pra minha surpresa, a maioria das pessoas foi contra a instalação, muitas delas alegando que os cães já protegiam suas casas. Saí de férias encucado, pensando em como fazer o pessoal mudar de ideia. Quando voltei, veio a conversa de um *serial killer* de cães. Foi perfeito. Se um clima de insegurança se instalasse, com a continuação das mortes dos bichos, seria mais fácil, algum tempo depois, propor as câmeras novamente. Afinal, mais do que nunca seria preciso proteger o bairro: contra os ladrões em geral, agora que havia menos cães pra vigiar; e para evitar as mortes dos próprios animais.

Enquanto ouvia, Rafa vasculhava uns papéis que tinha levado.

– Se me permite, delegada – pediu o menino com jeito. – Estou vendo aqui que o senhor Marconi foi vingativo: todos os donos de cães mortos tinham sido contra a instalação das câmeras no bairro – e falou baixinho, apenas para os seus amigos ouvirem: – Por que a gente não percebeu isso antes?

– E quanto ao furto na casa do senhor Altamiro Lopes? – questionou a delegada.

– Eu não tenho nada a ver com aquilo, mas para mim foi providencial! Era o fato que faltava para que eu pudesse recolocar a instalação das câmeras em pauta imediatamente. Funcionou, porque aí a maioria votou a favor.

Marconi fez uma pausa para tomar um gole de água. Indignada, Laura não se conteve e comentou:

– Tudo isso só por dinheiro?!

– Dinheiro e poder, mocinha – explicou Nalbernard, que tinha vasculhado atentamente os e-mails do criminoso. – O senhor Marconi tinha pretensões políticas, certo?

– Sim – respondeu o detido. – Eu esperava que a redução da violência com a instalação das câmeras me desse mais popularidade no bairro. O dinheiro e a projeção facilitariam minha candidatura a vereador. Quando fosse eleito, eu pretendia expandir o sistema para toda a cidade.

– Quanto mais câmeras, mais grana; e quanto mais poder político, mais oportunidades de se envolver em tretas maiores – concluiu o detetive. – E com relação ao cachorro que buscou no canil, o tal do Remela?

– Busquei para matar mesmo, porque imaginava que em algum momento poderiam desconfiar de mim. Não dava para pegar um cachorro qualquer na rua, porque ele poderia ser reconhecido. Então fui atrás de um que estivesse há vários anos no canil. O Dimas me arrumou o Viriato, mas eu passei a chamá-lo de Remela. Meu avô querido se chamava Viriato, não dava para envenenar um cachorro com esse nome.

– Foi por isso que o senhor fez questão de que eu fosse à sua casa – disse Rafael. – Para que eu soubesse da existência do animal o quanto antes, né?

Marconi fez que sim com a cabeça e continuou:

– Eu ia matar o Remela igual aos outros, na madrugada de sexta pra sábado, mas a postagem dos meninos no Facebook falando que o assassino era metódico me fez mudar de planos, eu tinha que confundi-los. Então, fiz com que a morte fosse anunciada na reunião. Além de tudo, novamente eu teria um bom álibi.

– E foi um ótimo ator, viu? – disse Marina. – Confesso que sua cara de tristinho me convenceu.

– Mas quer saber, garota? Eu fiquei triste de verdade... É impressionante como a gente se afeiçoa a esses bichos com facilidade.

– E como o senhor fez para garantir que o Remela comesse o veneno na praça? – quis saber Rafael.

– Não foi na praça... Eu o envenenei em casa, assim que minha esposa e meu filho saíram. De lá fui para a praça e joguei mais chumbinho em um canteiro para reforçar minha versão.

– Senhor Dimas Corgosinho – falou a delegada Virgínia, voltando-se agora para o chefe do canil –, já sabemos que o senhor forneceu o veneno para o senhor Marconi e o ajudou com o cachorro. O que senhor ganharia com essa história?

– Dinheiro, doutora – respondeu, cabisbaixo. – E também a promessa de me tornar assessor do vereador. Eu não aguento mais trabalhar naquele canil!

– Achei que o senhor gostasse de cães... – ironizou a delegada.

– Tá louca!? Eu odeio!!

– Tenho só mais uma dúvida, seu Marconi – falou Davi, em silêncio até então. – E se as duas primeiras mortes realmente fossem obras de um matador em série? Por que o senhor não aguardou um pouco para ter certeza? Se houvesse mesmo um matador, o senhor não precisaria sujar suas mãos...

– Eu sabia que não se tratava de um assassino em série por um motivo simples: a cadela da dona Verônica tinha sido atropelada. Foi meu filho mais velho, o Pedro, que a atingiu com o carro. Ele não acompanhou a família na viagem.

E, ao sair para beber com os amigos, não conseguiu frear a tempo. Mandou uma mensagem para mim desesperado, pedindo segredo.

weimaraner

- **Área de origem:** Alemanha
- **Função original:** arrastar grandes caças

Têm muita energia, por isso devem ser criados em lugares com muito espaço. Em algumas cidades dos EUA, são usados como "cães policiais", por sua agilidade e velocidade.

32. Fama, festa e filme

Na manhã seguinte no Colégio Confiança, Rafa, Marina e Davi não precisaram explicar para ninguém por que tinham faltado à aula no dia anterior. Todo mundo já sabia do grande feito dos meninos, amplamente divulgado pela imprensa e pela internet. Laura, que estudava à tarde, circulava com eles pelo colégio ("Também mereço curtir meus quinze minutos de glória", brincou a menina). Por onde passavam, os quatro paravam para atender pedidos de selfies e autógrafos nos jornais nos quais eles foram notícia – em uma das fotos publicadas, Rafael mostrava orgulhoso seu *Manual do Detetive*.

* * *

À noite, dona Anita promoveu uma confraternização com os meninos e suas famílias. A festinha também comemorava a chegada do "marronzinho que não parava de pular", adotado para fazer companhia a um ressabiado Sanduba.

– Já decidiram qual vai ser o nome dele, Davi? – perguntou a mãe.

– Eu sugeri "Sânzio", mas a Laura não aceitou! – respondeu o menino se divertindo.

O detetive Nalbernard, também convidado, apareceu por lá com um embrulho para os garotos. Rafael abriu e se assustou: era a escultura de cachorro do canil.

– Eu a encontrei e devolvi para o senhor Dimas, mas ele não a quer mais. Disse que a estatueta agora lhe traz más recordações. Então pensei que talvez vocês fossem querer...

– Uau, que linda! Vai ser nosso troféu! – comemorou Laura.

Na roda de adultos, o pai da Marina, o advogado Sérvio, explicava as possíveis punições para Marconi Gonzaga:

– Matar animal é crime ambiental, dá detenção de três meses a um ano. Mas como foram vários, o chamado "crime continuado", o juiz pode ampliar. Ele também deve ser julgado por tráfico de drogas, por causa da estricnina, e corrupção ativa, porque subornou um servidor público. Entretanto, como é réu primário, talvez não chegue a quatro anos de condenação... Nesse caso ele nem vai para a cadeia, pois a pena é convertida em prestação de serviços comunitários e multa. Mas pelo menos a carreira política dele está acabada, a não ser que o povo não tenha memória alguma na hora de votar.

– Ia ser interessante se o juiz o condenasse a recolher cocô de cachorro na cidade inteira por uns tempos! – sugeriu Flávio. – Aliás, sabem quem já desconfiava do Marconi? O senhor Rubens.

– Ah, é? – disse dona Anita.

– Sim, hoje ele esteve na padaria e comentou que a empresa de câmeras de vigilância já o tinha procurado, quando era presidente da associação, e proposto o esquema de comissão "por fora". Ele recusou. Quando viu o senhor Marconi negociando com a mesma empresa, ficou cismado e o chamou para conversar, para alertar. Marconi ficou indignado por ter sua honestidade questionada, xingou o seu Rubens, brigaram. Foi por isso que, numa das reuniões, o velho insinuou que nem todo mundo era amigo no Pomar.

– Então deve ter sido o próprio Marconi que fez a denúncia anônima levantando suspeita contra o seu Rubens, né? – concluiu Anita.

– Provavelmente – concordou Flávio. E comentou, rindo:
– Tá seguindo os passos dos filhos na arte da dedução, hein?

Na varanda, os quatro meninos relembravam momentos da investigação e liam as inúmeras mensagens de parabéns que chegavam. Uma delas era de Fabrício, que elogiava a coragem do grupo e relatava: "Contei tudo para minha esposa, ela entendeu e me perdoou. Mulher maravilhosa!". Havia também uns comentários mais "empolgados" que divertiram os meninos, como "Amo os cachinhos do Rafa", "Essa Laurinha, se não fosse tão novinha...", "O Ninja é o mais fofo" e "Marina, casa comigo!".

A última postagem da página, feita horas antes, era uma das que tinham mais curtidas. Nela, havia uma foto com vários bichos do canil municipal e um apelo dos meninos para os seguidores: "Se você perdeu o seu cachorro e tem vontade de substituí-lo, ou se deseja ter um cão ou um gato... Em vez de comprar, adote no Canil de Santa Clara! Lá existem centenas de anjinhos de quatro patas que vão tornar sua vida melhor!". Pelos comentários e curtidas, a sugestão tinha sensibilizado muita gente.

Em outra mensagem, a professora Zita Coura, que dava aula de História para os meninos, brincava: "Duas aparições na TV em menos de um mês, hein? Vão acabar ficando famosos!".

O comentário fez Rafa brincar:
– Olha aí, Branca, você que quer tanto ser atriz... Já pode colocar essa "estreia" em seu currículo!

A garota mostrou-lhe a língua, achando graça do deboche.
– É verdade – concordou Davi –, essa história daria um filme e tanto! Teve suspense, reviravoltas, mentiras... Teve até paixão não correspondida, né, Laura? – e olhou para a irmã, provocando-a.
– Já pedi pra parar! Mãe, olha o Davi de novo!

FIM

ALGUMAS CURIOSIDADES E COMENTÁRIOS FINAIS

A cidade de Santa Clara não existe, mas foi levemente inspirada em Montes Claros, onde nasci. Montes Claros é um pouquinho maior e fica no norte de Minas.

Já o bairro Pomar é inspirado no Santa Tereza, bairro de Belo Horizonte onde morávamos quando a história foi criada – e que tem muitas casas e muitos cães. Nos fundos do bairro também passa um rio (o Arrudas), com vigas como as descritas no livro.

Do bairro Santa Tereza para a fictícia Santa Clara, homenageei minhas irmãs Maria Teresa e Maria Clara.

O livro tem outras homenagens! Marina é o nome da minha sobrinha mais velha, e o pai dela (meu cunhado) se chama Sérvio.

O nome "Nalbernard" é por causa do grande amigo Nalbernard Bichara, que é Juiz de Direito e me esclareceu várias dúvidas jurídicas e sobre atribuições das polícias civil e militar. Valeu, Nal!

Zita foi uma professora de História inesquecível, e Coura é o sobrenome de solteira da minha esposa Ilkeline. Penha, por sua vez, é uma tia de Ilkeline (mas não é fofoqueira!).

Bagunça, o cão de Marina, é em referência a meu primeiro cachorro, um adorável vira-lata amarelo.

Depois de Bagunça, tivemos em casa Sarney, outro vira-lata, e Tobias, o dachshund que alegra a família atualmente. Também tivemos a gata Trunhau (que tinha esse nome porque miava assim) e seu filhote Joseph.

Minha tia Virgínia, também homenageada como delegada, tem uma longa história como defensora da causa animal em Montes Claros: já foi presidente da Sociedade Protetora dos Animais, lutou pelo fechamento de um zoológico local que não dava condições dignas aos bichos e sempre teve a casa cheia de pets – certa época, eram mais de 20 gatos e 3 cães. Até um cavalo doente já abrigou em seu quintal!

Aliás, o primeiro cachorro que conheci na vida foi Fritz (cujo nome também aparece no livro), na casa dos meus avós e de Virgínia.

O livro *Manual do Detetive* existe mesmo, eu o ganhei do meu pai aos dez anos. Lembro de ter ficado fascinado com todos os truques que a obra ensina (inclusive a técnica que é citada na história), e nessa época cheguei a cogitar me tornar investigador. Tenho até hoje a obra!

A música que rima "estricnina" com "bala de carabina", citada no capítulo 3, é *Tiro ao Álvaro*, de Adoniran Barbosa e Oswaldo Moles, gravada por vários artistas. Se você não conhece, procure por ela na internet. É um samba delicioso!

As informações sobre os cães ao final de cada capítulo vieram dos sites *Tudo Sobre Cachorros* (tudosobrecachorros.com.br) e *Dog Hero* (love.doghero.com.br).

Apesar de o livro destacar os cães de raça, por uma necessidade do enredo, sou um grande apoiador da adoção de cães e gatos sem raça definida. De fato, há muitos pets nos canis municipais e em abrigos particulares à espera de um lar. E tenho notado, com alegria, um aumento no número de pessoas passeando orgulhosamente com seus maravilhosos vira-latas. Viva todos eles! Todos merecem ser cuidados e amados – e tenha certeza, todos devolvem esse amor com lambidas, pulos e aquela gratidão pura que só os bichos e as crianças têm. Não compre, adote!